イドリスのもので息もできないほど突かれて、
めちゃくちゃにされたい、と優斗は思った。
「…してっ。…あっ」
優斗のぎりぎりの要求だった。

AZ NOVELS

王子は迷宮に花嫁を捜す

藤村裕香

CONTENTS

CONTENTS

ILLUSTRATION
イソノ

王子は迷宮に花嫁を捜す

雨の日が多い六月には珍しく、空はどこまでも青く澄みわたっていた。

ジューンブライドは幸せになれるという言い伝えを信じて、女性は雨の多いこの時期に式をあげたがることが多いが、今日は絵に描いたような快晴で結婚式日和《びより》である。

相田優斗《あいだゆうと》は、成人式に着ただけでクローゼットにしまってあったスーツに袖《そで》を通して、ネクタイを締めた。

茶色に染めて襟足を長めに切った髪に、かっちりとしたスーツはあまり似合わない。

就職活動を始める来年まで着ることなどないと思っていたが、こんなに早く活躍する日が来るとは思わなかった。

それも、同い年で親友の杉江英貴《すぎえひでき》の結婚式に着ていくことになるとは…。

英貴は弱冠二十歳《はたち》で、年上の外国人女性と結婚する。

それだけでも驚きだが、それ以外にも優斗は複雑な思いを抱いていた。

英貴は優斗の初恋の人であるとともに、現在進行形で片思い中なのである。

好きだったけど、言えなかった。

優斗は世間一般の常識というものも持ち合わせていたし、自分が英貴に好きだと告白した後の状況も想像できた。

告白して、親友という立場までも失いたくはない。

まだ言うべき時期ではないと優斗は思っていたが、思いのほか早く状況は変わってしまった。

講師として大学へやってきたユリアと英貴が恋に落ちて、たった三か月の間に結婚にまでこぎつけてしまうなんて、だれが想像できただろう。

だが、自分が告白する前に英貴が結婚することになって、よかったのかもしれない。

告白して気まずくなって離れてしまうより、親友として英貴と一生つき合っていけるのだと、優斗は自分を納得させていた。

親友の結婚を心から喜んでやらなくてはいけない。

髪を整えて、鏡に向かって優斗は笑顔をつくった。


優斗のどんよりとした心とは裏腹に、頭上には梅雨《つゆ》の時期とは思えないほどの眩《まぶ》しい太陽がサンサンと輝いていた。

白いチャペルに光が反射して、頭がくらくらする。

建物に近づくと、屋根の上にある十字架の影が優斗に降りかかってきた。

真夏と勘違いしそうな暑さの下、優斗は教会の中に入っていく。

外と違い、教会の中は空気が冷えていて、静かなパイプオルガンの音色が流れていた。

礼拝堂を覗《のぞ》いてみたが、まだ式まで時間があるので参列者はだれも来ていない。

優斗は、英貴から早めに来るように言われていたのである。

「新郎控え室だったな」

礼拝堂の中には入らず、優斗は廊下を歩いて控え室を捜す。

長い廊下にはいくつかドアが並んでいたが、人の声も聞こえず、この教会に自分一人きりしかいないような錯覚を覚える。

不安になりながら、優斗は新郎控え室のドアを開けた。

純白のタキシードを着た英貴が、窓の外をじっと眺めている。

伸び悩んだ優斗と違って、英貴は一八〇センチの長身ですっきりとした短い髪に、今日は細い黒のフレームのオシャレな眼鏡《めがね》をかけていた。

大きな窓から光が入っていて部屋の中はとても明るく、英貴の姿も眩しく輝いていて、優斗は思わず目を細める。

キラキラと輝く光の中にいる英貴は、自分とは違う世界にいる人のようだ。

「英貴…」

ゆっくりとこちらに向いた英貴の姿を見て、一瞬にして過去の思い出が蘇《よみがえ》り、不覚にも涙が溢《あふ》れてくる。

花嫁の姿を見てもらい泣きというのはよく聞くが、花婿の控え室に入って涙を流すのは優斗ぐらいだろう。

「相変わらず涙もろいんだな」

英貴は慌てて優斗の側《そば》まで行くと、よしよしと頭を撫《な》でた。

「英貴、その服すごく似合う」

優斗は涙を拭《ぬぐ》うと、笑顔をつくる。

「そうか、優斗もよく似合う。まるで七五三みたいだな」

苦笑して、英貴は優斗の頭を軽く叩《たた》く。

「失礼な奴だなっ。俺だって就職する頃には、もっと背も高くカッコよくなって、スーツが似合う男になってるさ」

優斗はむっとして、英貴を睨《にら》みつける。

「そうか、楽しみにしてる」

英貴はクスクスと笑った。

「そういえば、成人式の時にも英貴に、七五三みたいだって言われたよな。あの時、スーツの似合う男になるまで封印するって誓ったのに、こんなに早く袖を通すことになるとは思ってもいなかった。俺は、まだスーツの似合う男になってないのに」

ほんの半年前なのに、優斗には果てしなく遠い過去のことのように思える。

二人の置かれている状況は、それほどまでに違ってしまったのだ。

「英貴がこんなに早く結婚するなんて、思ってもみなかった」

しんみりと優斗が言う。

「自分でも驚いているよ」

英貴は視線を床に落として、ぽつりとつぶやく。

「俺のほうが、もっと驚いてる。いきなり結婚するだなんて、親友の俺に相談もなしなんて、ずるいぞ」

優斗は恨みがましい視線で英貴を見た。

もし相談されていたら、自分は英貴に好きだと告白していたに違いない。

そうしたら、どうなっていただろう。笑い飛ばされて終わりだったかもしれないし、英貴は結婚などしなかったかもしれないし、自分は結婚式に呼ばれなかったかもしれない。

だが、いくら想像してもそれは仮定のことなので、優斗はそれ以上考えるのをやめた。

「……。俺、優斗に話したいことがあるんだ」

英貴は少しの間迷っていたが、顔を上げて優斗に言う。

「なっ、なんだよ」

真剣な眼差《まなざ》しを真正面から受け止めて、優斗は戸惑《とまど》いながらも聞く。

話したいことがあるからと英貴に言われて、優斗は早めに教会まで来たことを思い出した。

「……、俺は優斗のことが好きだった」

英貴は大きく深呼吸をして言うと、優斗をじっと見る。

「えっ？」

優斗はきょとんとして、英貴を見返す。

思いもかけないことを英貴に言われて、一瞬、優斗の頭の中は真っ白になった。

「あっ？　……えっ？」

とっさに、言葉が出てこない。

英貴も自分のことを好きだったなんて、思いもよらないことだった。

「変なことを言って、ごめん。でも、俺は今日、結婚するんでもう大丈夫だから。これからもずっと親友としてつき合ってくれよな」

一気に言うと、優斗の手を摑《つか》んでぎゅっと握りしめる。

「えっ？　…あっ」

握りしめられた手を、優斗は反射的に握り返す。

握手なんかしてる場合じゃないとわかっているのだが、驚きすぎて頭が働かず、ただ頷《うなず》くことしかできなかった。

「ああっ、さっぱりした。言えてよかった」

英貴はあっけらかんとして言うと、にっこりと微笑《ほほえ》む。

「あっ、あの…」

なにか言わなくてはいけないと焦っても、言葉がなにも浮かばなかった。

落ち着けと自分自身に言い聞かせるが、心臓がドキドキとするだけで、なかなか考えがまとまらない。

大きく深呼吸をして、瞼《まぶた》を閉じてじっと考える。

英貴も自分のことが好きだとわかったのだから、思いきって自分も英貴のことが好きだと言うべきだろう。

言わなければ、一生親友としてつき合うことになる。

ここで好きだと告白したら…、なにもかも捨てて二人で教会から逃げることになるのか、もう結婚を取り消すことができないで終わるのか、変則的だが不倫に走るのか、どうなるか読めない。

たとえどんな結果になっても、勇気を出してきちんと気持ちを教えてくれた英貴に、自分の気持ちも伝えるべきではないだろうか。

今まで言えなかったことを言わなければならない。

「俺…、俺…」

意を決して告白しようとしたその瞬間に、部屋のドアが開いて、ウエディングドレス姿の新婦が入ってきた。

新婦のユリアは長い金髪が綺麗《きれい》な北欧美人で、英貴より十歳年上の科学講師だ。

ユリアは日本に長く住んでいるので日本語はぺらぺら、他にも五か国語を話せる。

美人だが頭が良すぎて近寄りがたいタイプだと、優斗は思っていた。

英貴とユリアは意見が合わず授業中よく対立していたというのに、どうして結婚することになったのか、優斗にはよくわからない。

「ユリア、どうしたんだ。もうすぐ式が始まるのに、新婦の控え室にいなくて大丈夫なのか？」

英貴は驚いて、ユリアを迎え入れる。

「まだ大丈夫よ、英貴！　友人がはるばるアフリカから来てくれたので、紹介するわ」

頭にターバンを巻いた民族衣装姿の男性を引き連れて、ユリアは英貴の側まで来る。

「初めまして、イドリス・フィーフ・マリーナ・ヤァクープです」

その男性、イドリスは流暢《りゅうちょう》な日本語で挨拶《あいさつ》をすると、英貴に深々と頭を下げた。

身長は英貴より高く、肩幅が広くがっしりとしていて、彫りの深い精悍《せいかん》な顔つきをしている。

肌の色はやや浅黒く、ターバンから覗く髪はアッシュで、目はグリーンだ。

「初めまして、杉江英貴です。遠いところを僕たちの結婚式に来てくださって、ありがとうございます。それにしても日本語がお上手ですね」

英貴は堂々とイドリスに挨拶をして、笑顔で握手をかわす。

「ありがとう。親友の結婚式だから、必死で勉強しました」

イドリスは、手を握り返した。

「英貴、彼は王族なのよ。南の国の王子様で、日本にお姫様を探しに来てるの」

ユリアは笑顔でつけ加える。

「ユリア姫を奪われて残念です。けど、とても素敵な旦那《だんな》様ですから、私が出る幕ではありませんね」

イドリスは英貴に言う。

「ありがとうございます…と、言っていいのでしょうか」

英貴は困り顔で、チラリとユリアを見た。

「大丈夫よ英貴、イドリスは年下のお姫様を探しているの。私は、イドリスより二歳年上だから、どっちみちパスされてたわね」

ユリアは笑いながら、英貴の背中を叩く。

「俺は、ユリアが何歳年上でもかまわないけど」

英貴は、ユリアの手を握ってイスに座らせる。

「あら、優斗君も来てたのね」

ユリアは優斗に目を留めて、にっこりと笑う。

「あっ…、はい。先生こんにちは」

イドリスに見蕩《みと》れていた優斗は、はっとして挨拶をする。

告白しようと思った途端に邪魔が入るなんて、運が悪いとしか言いようがない。

新婦のユリアだけでなく、見ず知らずの外国人までいるのだから、もう告白することはできないだろう。

「結婚式当日に、『先生』は無しよ」

ユリアは明るく笑った。

「彼は、君の生徒なのか?」

イドリスは優斗を見て、興味津々でユリアに聞く。

「そう、私の旦那さんの英貴も生徒なの。優斗君は、英貴の親友よ」

ユリアは、優斗の腕を引っ張ってイドリスの前に引き出して紹介する。

「初めまして、相田優斗です。アフリカからいらしたなんて、日本まで遠くて大変だったでしょう」

親友という言葉に優斗の胸はちくりと痛んだが、それを押し隠してイドリスに挨拶すると、握手を求めて手を差し出した。

「初めまして、イドリスです」

イドリスは、優斗の手を摑んで引き寄せ、しっかりと抱きしめる。

「うっ、うわぁっ!」

優斗は慌てて離れようとしたが、イドリスは英貴以上に背が高く、強い力で抱きしめられて身動きできない。

空港などで、スキンシップ好きな外国人が抱き合っているのを見たことはあるが、初対面の人物に自分が抱きしめられるなんて、優斗は思ってもみなかった。

イドリスの身体《からだ》からはエキゾチックな香りがして、慣れなくて頭の芯《しん》がくらくらする。

他人の体温を近くに感じて、なんだか心臓の鼓動が速くなってきた。

妙な気持ちになりそうでなんとか逃げようともがいていると、急にイドリスの顔が近づいてきて、優斗の思考はストップする。

「うっ、うわぁ！」

キスをされるかと思ったが、イドリスは鼻と鼻を何度かつけると顔を離し、さらに優斗をぎゅっと抱きしめた。

「なにも、アラビア風の挨拶をしなくてもいいのに」

ユリアは呆《あき》れ顔で、優斗を固く抱きしめているイドリスを見た。

「優斗君は、特別です」

イドリスは優斗の身体からゆっくりと手を放すと、ユリアに笑いかける。

「……うっ」

身体が離れても、優斗は硬直したままでその場から動くことができなかった。

「優斗君とは、とても良い友達になれそうです」

イドリスは、じっと優斗を見つめる。

固まっていた優斗だが、それを聞いてハッと我に返ると、イドリスの側から飛び退《の》くように離れて慌てて断わった。

「そんな。一般庶民の俺が、王族の人と友達になんかなれないですよ」

友達になって、毎回こんな熱烈な挨拶をされたら身が持たない。

心臓に負担がかかって、早死にしそうだ。

「王族といったって、今は一般庶民と変わらない生活をしています。私は優斗君のことがとても気に入ったので、私と友達になってください」

イドリスは声を張り上げると、優斗を再び抱きしめようと両手を広げる。

「先生っ、助けて～っ！」

たまらず、優斗はユリアに助けを求めた。

「だめよイドリス。日本人は慎み深いんだから、人前でそんな挨拶をされたら引くだけよ」

ユリアはイスから立ち上がると、笑いながら優斗の腕を摑んで自分の後ろに隠す。

「そうなのか。じゃあどうすればいいんだ？」

イドリスはきょとんとして、ユリアを見た。

「日本人の思考はファジーだから、その場の空気を読んで、あうんの呼吸で臨機応変にってことね」

ユリアは顎《あご》に手を当て、天井を見ながら説明する。

「空気を読む？　あうんの呼吸？」

イドリスは眉根《まゆね》を寄せて、首を傾《かし》げた。

トントンとノックの音が聞こえて、部屋にいた全員がドアを見る。

「あと十五分でお式の時間です。新婦様は最後のご用意がありますので、お部屋にお戻りください」

女性がドアから顔を出すと、ユリアに告げる。

「はい。そういうことなので、イドリス、空気を読んで部屋から出て礼拝堂に向かってね」

ユリアはドアに向かいながら言う。

「空気を読むか…、ふーむ日本人は難しいな」

イドリスは、腕を組んで深く頷く。

「俺が案内しますから、行きましょう」

優斗はイドリスを覗きこんで言う。

「じゃあ、英貴また後で」

優斗は英貴に頭を下げて、新郎の控え室から出た。

礼拝堂には、すでに見知った顔が集まっていた。

新郎側の席には、英貴の友人たちや親戚《しんせき》。年配の人もいるが比較的年齢が若く、華やいだ雰囲気である。

だれもが、英貴の早すぎる結婚や、新婦が外国人であることに驚いていた。

新婦側の席は、外国人が多いので髪の色もいろいろで、それぞれ着ている服も民族衣装あり、ドレスありで、見た目がすでに派手である。

大学の教授もいるはずなのだが、派手な人々の中に埋没していてわからない。

「イドリスさんは新婦側の席ですから、ここです」

優斗はイドリスを新婦側の席に案内して、自分は新郎側の席に行く。

「おい優斗。お前、英貴と一番仲が良かったよな。あの堅物で女を寄せつけなかった英貴が、ガイジンのお嫁さんなんて、いったいどこで知り合ったんだ？」

前の席に座っていた高校の同級生の戸塚《とつか》が、振り返って優斗に聞く。

「彼女は講師で、学内で知り合ったんだ。意見が合わなくてよく対立してたから、なんで結婚することになったのか俺もよくわからないよ」

優斗は、率直に自分の意見を述べた。

ずっと優斗のことを好きだった英貴が、なぜユリアと結婚する気になったのか、結局本人から聞くことはできなかった。

「天才の英貴に対抗できるなんて、頭のいい女性なんだ。そこが気に入ったのかもしれないな」

戸塚は腕を組んで、頷く。

「戸塚は頭が悪いから、頭のいい女性には絶対に相手にされないな」

同級生の森本《もりもと》が戸塚の背中を叩きながら言う。

「俺は頭より顔重視だから、いいんだ」

戸塚は胸を張って言う。

「ユリアさんは美人だよ。金髪ですらりとしていて、モデルみたいだ」

十歳年上なのを除けば、ユリアは才色兼備で非の打ちどころがない結婚相手かもしれないと、優斗はあらためて思う。

「そうか、あの英貴でも美人には弱かったのか」

戸塚はしみじみと言う。

「だれでも、美人には弱いんじゃないのか」

森本は、大げさに肩を竦《すく》めた。

「それもそうだな」

戸塚は納得する。

「そろそろ、始まるみたいだぞ」

神父が礼拝堂に入ってきたので、優斗は後ろを向いて話している二人に声をかけた。

音楽が鳴り響いて、入場が始まる。

この教会は、いまどき流行《はや》りのチャペル結婚式用の教会ではないので、礼拝堂は光が抑えられていて薄暗かった。

落ち着いた茶色の壁、こげ茶色の木の床、礼拝用のイスも木製で長い年月使われ、磨きこまれていて光っている。

ステンドグラスから淡い光が入って、荘厳な雰囲気をかもし出していた。

パイプオルガンの音が天井に反響して、頭の上から降ってくるようである。

式が始まって、やっと優斗は英貴の突然の告白についてじっくりと考える時間ができた。

英貴はずっと自分を好きだと言っていたが、優斗はまったく気がつかなかった。

自分が鈍いのかもしれないが、英貴は頭がいいので気持ちを隠すことも上手だったのだろう。

それにしてもなぜ式の直前だったのだろうかと、礼拝堂に入ってきた英貴の横顔を追いながら優斗は思う。

もう一日前に言ってくれれば、きちんと英貴に自分の気持ちを伝えることができたはずだ。

優斗の気持ちを知れば、英貴は結婚しなかったかもしれない。

そう、もう一時間前だったら、あの時ユリアが入ってこなかったら、今日イドリスが結婚式に出席しなかったら、二人で手に手を取り合って逃げていたかもしれない。

そんな想像ばかりが大きく膨らむ。

自分が好きだと告白してもなにも変わらなかったかもしれないが、なにもできずにこうやって悔やんでいるよりマシである。

自分の気持ちを伝えられなかったことで、二人の距離は遠く離れてしまったのかもしれないと、優斗は思う。

嫌われることを恐れずに英貴に好きだと言っておけば、こんなに後悔はしなかっただろう。

機会はいつでもあったのに、優斗は勇気がなくて言えなかった。

ユリアは年齢差と人種という壁を乗り越えたのに、自分は弱くてだめな人間なのだと思い知らされる。

ぎゅっと握りしめた手は、いつまでも温まることがなくとても冷たい。

二人の幸せそうな姿を見ていると、涙が溢れ出てきた。

結婚を機会に親友でいようとはからずも決めた、優斗と英貴の二人の気持ちは、近すぎたのかもしれない。

披露宴会場に場所を移してからも、優斗はまだ泣いていた。

「優斗は本当に泣き虫だなぁ。俺も、もらい泣きしちまったぜ」

戸塚は、優斗の背中をぽんぽんと叩く。

「優斗は英貴とは幼なじみだから、寂しいんだろう」

森本はビール瓶を持ち上げて、優斗のグラスにそそぐ。

「飲めよ。友達なら祝福してやらなきゃな。まあ、しっかり者の英貴がいなくなって頼りない優斗が不安なのは、わかるけどな」

戸塚は、優斗に無理やりグラスを持たせる。

「俺は、頼りなくなんかない。しっかりしてる」

頼りないと思われているのには憤慨したが、英貴に失恋したとは言えないので、むっとして優斗はビールを一気に飲んだ。

こんな気持ちは、だれにもわかってもらえないだろう。

「窓ガラスを割った時に一緒に謝りに行ってくれたり、試験の時に勉強を教えてもらったり、いろいろ面倒をかけてただろ」

空になった優斗のグラスに、森本が再びビールをそそぐ。

「そんなの面倒のうちに入らない」

優斗は眉間《みけん》に皺《しわ》を寄せて、グラスを手に取った。

だれにも自分の気持ちなんかわからないと思いつつ、優斗はビールを飲む。

もう、飲まずにいられないという気分である。

「優斗って、お酒強かったか」

戸塚は眉をひそめて、優斗を見た。

「いい飲みっぷりですね。もう一杯いかがですか？」

後ろから声がかかり、優斗と戸塚は振り返る。

そこには、ビール瓶を抱えたイドリスがいた。

「うっ、うわガイジンだ。俺、英語わからないよ。ノーノー」

戸塚は慌てて、両手を横に振る。

「戸塚、なに言ってるんだよ、ちゃんと日本語で話してるだろ。イドリスさん入れてください」

優斗は、空のグラスをイドリスに突き出す。

「あなたもどうですか？」

イドリスはにっこりと微笑んで、ビール瓶を傾ける。

「あっ、お願いします」

戸塚は慌てて一口飲み、グラスを差し出す。

「日本では、お酒を持ってテーブルをまわり、挨拶すると聞きました」

イドリスは、戸塚にもビールをそそいだ。

「じゃあ、返杯します」

優斗は空のグラスを捜して、ビール瓶を掴む。

「あっ、私は宗教上の理由でお酒は飲めません。ジュースでお願いします」

イドリスはやんわりと断わった。

「へぇー、マサイ族ってお酒禁止なんだ」

優斗はグラスをイドリスに渡すと、ジュースの入っている瓶を捜す。

「私は、マサイ族ではありません」

イドリスは眉根を寄せて返事をした。

「えっ、アフリカから来たって言ってたから…」

優斗の感覚では、アフリカから来た人は全員マサイ族である。

「違うだろ、優斗。この人、服がアラビアっぽいぞ。イスラム教は飲酒禁止だし。アラビア人だろ」

戸塚は、まじまじとイドリスを見た。

「戸塚、アラビアってアフリカじゃないだろ」

森本は首を傾げる。

「優斗君は東アフリカで、あなたたちはアラビア半島の話をしてるんですね。私は、北アフリカから来ました。ヨーロッパまで十四キロしか離れてません。イスラム教信者は飲酒禁止なのです」

イドリスは、クスクスと笑って説明した。

「ヨーロッパの近くか…」

アフリカというと暑い南の国というイメージだが、世界地図を思い浮かべるとアフリカの北側は確かにヨーロッパに近い。

ジュースがなかったので優斗はコーラの瓶を摑むと、イドリスのグラスにそそいだ。

「はい、そうです。緯度だと京都と同じで、私の国には日本と同じように四季があるんですよ」

イドリスはそそがれたコーラを一口飲んだ。

「四季があるアフリカって、想像がつかないな」

緯度が京都と同じなら四季があっても不思議ではないが、優斗が持っているアフリカのイメージは、サバンナに野生動物がいて、年中暑くて、肌の色がみんな黒くて、裸足《はだし》でいつも走っているというものである。

あらためてイドリスを見てみると、夏に日焼けした日本人とたいして変わらない肌の色だ。顔つきは彫りが深いヨーロッパ系で、目の色はグリーンだし、髪の毛もゆるくウエーブがかかったアッシュである。

アフリカといってもヨーロッパに近いので、そちらから人々が移り住んだ土地なのかもしれない。

「優斗君、ぜひ一度わが国に来てください。私が、招待しますから」

イドリスはにっこりと笑う。

「はいっ」

よくある社交辞令のひとつだと思って、優斗は行く気もないのに笑顔で返事をした。

日本語の通じない海外になど、行く気はない。

「いいなー、優斗だけ招待されてっ」

戸塚は、優斗の腹を肘《ひじ》で突く。

「新郎控え室で、先に会ったからだよ。それに、どうせ社交辞令だ」

優斗は、こそこそと戸塚の耳元で話す。

「俺も招待してください」

戸塚は、上目遣いでイドリスを見て言う。

「ここのテーブルの皆さんは、英貴君のお友達ですか?」

イドリスは、それぞれのグラスにビールをそそぎながら聞く。

「そう、優斗以外は高校の友達。優斗は、幼稚園から英貴と一緒だったよなっ」

戸塚が、イドリスの問いに答えた。

「英貴君よりかなり若く見えるけど、みんな同級生ですか?」

イドリスは首を傾げた。

「ああ、英貴が老けてるだけで、俺たちみんな二十歳ですよ」

森本は苦笑して答えた。

「二十歳…」

イドリスは振り返って、英貴をじっと見る。

「あいつは、落ち着きすぎてるんです。自分ひとりだけ大人ってカンジで」

優斗は眉根を寄せて答えると、ビールを一気に飲む。

「こいつ、幼稚園の頃から英貴に頼りきってたから、置いてかれて拗《す》ねてるんですよ」

森本は、優斗の頭を小突きながらイドリスに言う。

「親友が先に結婚してしまうのは、寂しいものです。私もそうだから」

イドリスは大きく息をつき、肩を落とした。

「あぁ…」

二人のやりとりには確かな信頼が存在していたので、イドリスの親友とはユリアのことなのだろう。

男女のことだから、友情以上の感情を持っていたかもしれない。

イドリスも自分と同じような境遇だったのだとわかって、優斗は彼に同情した。

「グラスが空になってますね、どうぞ…」

イドリスは優斗のグラスにビールをそそぐと、にっこり笑う。

「どうも」

辛《つら》いのに笑顔を振りまき、お酌までしてくれて、なんていい人なんだろうと思って優斗はイドリスに頭を下げる。

「優斗、飲みすぎじゃないか」

森本は眉根を寄せて、優斗に聞いた。

「飲まずにはいられない気分なんだ…。英貴がまさかこんなに早く結婚しちまうとは思わなかったからな」

優斗は、しんみりとしてグラスを傾けた。

さっさと結婚してしまうなら、英貴は自分のことを好きだなんて言わなければよかったのにと優斗は思う。

知らなければ、こんなもやもやした気持ちにはならなかった。

同じ失恋でも、もっとすっきりした気持ちで素直に祝福する気持ちになれただろう。

「お前も彼女でも作ればいいだろ。硬派を気取って断わってるから、寂しいことになるんだ」

戸塚が指摘した。

「つき合いたいと思う人がいなかっただけだ」

硬派を気取っていたのではなく、英貴のことが好きだったから断わっていただけだが、それは言えない。

これ以上この話はしたくないと思って顔を上げると、イドリスと目が合った。

「そういえば、イドリスさんはお姫様を探しに日本にいらしたんですよね」

話を変えようと思って、優斗はイドリスに聞く。

「なに言ってるんだよ優斗、お姫様じゃなくお嫁さんだろ?」

戸塚が訂正した。

「イドリスさんは王族なんだ。王子様だから、お姫様を探しにきたってことだ」

優斗は戸塚に説明する。

「王子様っ！　すげーっ」

同じテーブルの同級生たちは、驚いて一斉にイドリスを見た。

「そういえば、どことなく気品が…。ぜひ、俺の妹を紹介したいです」

森本はキラキラと目を輝かせて、イドリスに言う。

「森本の妹はギャルだろう。お姫様って柄じゃない。うちの姉は姫系なんですが、どうでしょう」

戸塚は森本を押し退けて、身体を乗り出した。

「どっちみち、庶民じゃだめだろう。皇族とか、お金持ちの令嬢とかじゃないと」

優斗は呆れて二人に言う。

「お姫様探しなんて、ユリアの冗談です」

イドリスは、困り顔でやんわりと否定する。

「そうですか。ところで、イドリスさんは何歳なんですか？」

ユリアより年齢が下なのはわかっているが、結婚するのに遅すぎる年齢には見えないので、優斗は聞いた。

「二十八歳です」

イドリスは笑顔で応《こた》える。

「若く見えますね」

日本ではまだ結婚してなくてもおかしくない年齢だが、国によって事情が違うので一概には言えない。

イドリスは客観的に見て女性に人気がありそうな顔立ちだし、王子がわざわざ海外までお嫁さん探しにくるというのも妙な話だ。

やはり、ユリアの冗談なのだろうか。

「ありがとう。優斗君なら、私のお姫様にするのも悪くないですね」

イドリスは、意味ありげに微笑んだ。

「はぁっ？」

思わず優斗は聞き返す。

優斗には、イドリスがなにを考えてそんなことを言ったのか理解できなかった。

「あっ、優斗は女装も似合いますよ。文化祭の時に白雪姫になっただろ」

戸塚は優斗の背中を叩きながら、げらげら笑う。

「その話を蒸し返すなよっ」

嫌な思い出ナンバーワンなので、優斗はむっとして言うとビールを一気に飲む。

「優斗君の白雪姫、素敵ですね」

イドリスはにっこりと微笑んで、優斗のグラスにビールをそそごうとしたが、瓶の中身は空っぽだった。

「あっ、すみませーん。ビールこっちにもう一本お願いします」

優斗は、従業員に手を上げて追加を頼む。

「優斗、あまり飲みすぎるなよ。酔いつぶれても送ってやらないぞ」

森本は眉を寄せる。

「そんなに弱くないから、大丈夫だ」

優斗は、笑顔で応えた。


今まで自分が酒に弱いと思ったことはなかったが、実は大量に飲んだことがなかっただけなのだと、優斗はいまさらながらに気がついた。

気がついた時には天井や床がぐるぐる回っていて、すでにもう遅かった。

披露宴会場で眠りこまなかったことだけが救いだが、新郎新婦が新婚旅行に出かけるのを見送った後の記憶は定かではない。

気がつくと、広いベッドに寝かされていた。

まだ酔いの醒《さ》めていない頭でここはどこか考えるが、まったく見当がつかない。

寝かされているベッドの大きさからして、自分の家じゃないのは確かだ。

この大きさのベッドは、優斗の住んでいるアパートには絶対に入らない。

天井の照明器具が普通の家にしてはやけに豪華だが、下品ではないし、かさの高いふわふわの高級羽毛布団をかけているので、ラブホということはないだろう。

天井が高いから、民家ではなくホテルの一室かもしれないと優斗はぼんやり考える。

「大丈夫か?」

声をかけられて視線を上げると、見覚えのある顔が上から優斗を覗きこんできた。

「うーん」

だが、それがだれなのか、優斗はすぐには思い出せない。

しばらくの間じっと見ていて、それがターバンをしていないイドリスだと優斗は気がついた。

「はい、お水だ」

イドリスは、なみなみと水が入ったグラスを優斗の枕元《まくらもと》まで持ってくる。

「あっ、ありがとう」

やけに喉《のど》が渇いていて、優斗は勢いよく身体を起こす。

「ううっ…」

もう大丈夫だと思っていたが、目の前がぐるぐると回り、めまいがする。

天井や床がぐにゃりと曲がり、勝手に身体が揺れて起きていられない。

「優斗君」

前のめりに倒れそうになった優斗の肩を、イドリスは慌てて抱きかかえる。

「あっ…、もう平気」

しばらくじっとしているとめまいは治まって、喉の渇きを思い出した。

「ふーっ！」

優斗は、イドリスからグラスを受け取ると一気に飲みほす。

「ずいぶんと喉が渇いていたようだな。タクシーの中でも、ずっと水が欲しいと言っていた」

イドリスは優斗の手から空のグラスを受け取ると、ベッドサイドにあるテーブルの上に置いた。

「あ、ありがとう…。もう一杯飲みたいんだけど、いいかな」

やけにイドリスの顔が近くて、優斗はドキリとしながら言う。

「わかった」

イドリスは優斗の肩から手を離すと、グラスを持って部屋から出ていった。

「ふぅ」

どうやら披露宴会場で酔いつぶれて、イドリスが泊まっているホテルまで連れてこられたようである。

「戸塚も森本も、俺をイドリスさんに押しつけたな」

酔いつぶれても放って帰ると二人は言っていたが、まさか本当にやられるとは思っていなかった。なんて友達がいのないやつらなんだと思って、ふと英貴のことを思い出す。

英貴なら、今日会ったばかりの他人に酔った優斗を引き渡したりしなかったはずだ。

もう、英貴に頼ることはできないのだと思い知らされ、優斗は寂しい気持ちになる。

英貴はユリアのもので、自分と遠く離れた存在になってしまったのだ。

後悔だけが大きくなって、優斗の胸を締めつける。

イドリスが水を持って戻ってきて、優斗ははっとして顔を上げた。

「どうぞ…」

途中で言葉を止めてグラスをテーブルに置くと、イドリスはベッドに乗って優斗をぎゅっと抱きしめる。

「えっ?」

一瞬驚いたが、イドリスが優しく背中を撫でてくれるので、優斗は彼の胸に頭をうずめた。

「どうしたんだ? なぜ泣いている。泣くな」

イドリスは優斗の背中を撫で続けながら聞く。

「うっ…、ううっ」

泣くなと言われると、なぜか余計に涙が溢れてきた。

イドリスが優しいから、泣いてしまってもかまわないような気がする。

「困ったな…」

苦笑して、イドリスはずっと優斗を慰める。

「水、飲みたい…」

まだ涙は止まらなかったが、ひとしきり泣いて気分が静まると、優斗は顔を上げてイドリスに頼む。

「はい」

イドリスはそれ以上なにも言わないで優斗の身体から手を放すと、テーブルの上からグラスを取った。

じっとグラスを眺めていたが、イドリスは一口水を飲む。

「イドリス？」

どうしたのだろうと思っていると、いきなり顎を掴まれて引き上げられた。

「うっ！」

急にイドリスの顔が近くなり、緑色の瞳《ひとみ》に引きこまれそうだと思った途端、唇を塞《ふさ》がれて優斗は硬直する。

「んんっ…、うっ」

無理やり唇を開かされ、温《ぬる》まった水が口腔《こうこう》に入りこんできた。

優斗がそれを飲み下すと、すぐに唇が離れる。

「……」

唇が離れても、驚きすぎて指一本動かすことができず、優斗は目を大きく開いてイドリスを見つめていた。

頭の中が真っ白になって完全に涙は止まり、それどころか今まで自分がなぜ泣いていたのかさえ優斗は忘れていた。

「もっと飲むか？」

イドリスはにっこりと笑って聞く。

「じっ、自分で飲めます」

優斗はイドリスの手からグラスを奪い取って、水を飲みほした。

「水差しを用意させようか」

その飲みっぷりを見て、イドリスは優斗に聞く。

「もう、大丈夫です」

優斗は慌てて断わった。

「そうか、では片づけよう」

イドリスは頷くと、グラスを持って隣の部屋に行く。

「ふぅ」

水を飲ませるだけで、さっきのキスに他意はなかったらしいと思って、優斗はホッと胸を撫で下ろす。

自分が泣きじゃくっていたから、ベッドに水をこぼされたら困るというイドリスの配慮だったのだろう。

「迷惑をかけてすみません」

イドリスが部屋に戻ってくると、優斗はとりあえず謝った。

「迷惑だなんて思ってない」

イドリスは、ベッドの端に座る。

「でも、酔っ払って寝てしまった俺をここまで連れてくるのは、大変だったんじゃないですか?」

優斗は、おずおずとイドリスを見た。

だが、視線が合うと気恥ずかしくなって、優斗は思わず目をそらしてしまう。

「タクシーの運転手もいたし、使用人を呼んだから大変じゃなかった」

イドリスは事もなげに答えた。

「使用人って…、ここはどこですか?」

寝ている間に遠くに連れ出されてしまったのかと思って、優斗ははっとして周りを見回す。

ホテルのスイートルームのようだが、内装を見ただけでは場所まではわからない。

「私が宿泊してるホテルです」

イドリスはリモコンを操作して、閉まっていたカーテンを開けた。

「うわぁ」

すでに日はとっぷりと暮れていて、窓の外はキラキラと輝くイルミネーションで彩られていた。高層ホテルの一室のようで見張らしがよく、新宿の高層ビル群や、六本木や赤坂の新しい高層ビルの光もよく見える。

東京の夜の風景が、ここからは一望できた。

「日本の夜景は、私の国とは違って百万の星が地上で輝いているようだ」

イドリスは立ち上がって、窓の側まで行くとじっと外を見た。

「東京は、洪水のように光が溢れている街だから」

遠くに連れてこられたのではなく、ここが東京だとわかって優斗はほっと息をつく。

落ち着いてよく部屋の中を見回してみると、ベッドルームに備えつけられたテレビの上にチャンネルの案内が日本語で書かれている。

テーブルの上に置いてある時計を見ると、午後十時すぎを指していた。

酔いも徐々に醒めてきて頭もはっきりしてきたし、この時間ならまだ電車も動いているので、余裕で家に帰れる。

「じゃあ、夜も遅いので、そろそろ俺は家に帰ります。お世話になりました」

優斗はのそのそと起きて、ベッドから降りた。

「帰るってどうして？　私と一晩、一緒に過ごす約束をしたじゃないか」

イドリスは振り向くと、慌てて優斗の側まで行く。

「えっ？」

そんな約束などした覚えがないので、優斗はきょとんとしてイドリスを見る。

「今夜は帰さないよ」

イドリスは優斗の腰に腕を回して引き寄せると、耳元で囁《ささや》いた。

「ちょ、ちょっと…」

まるでお昼のドラマにでも出てきそうな台詞《せりふ》で、思わず優斗は絶句する。

「うっ、うわっ…」

イドリスの顔が急速に近づいてきて、優斗は反射的に身体を後ろにそらせた。

なんとかキスからは逃れられたが、射るように鋭いイドリスの視線からは逃れられない。

「俺、酔ってたんでよく覚えてない。ごめんなさい、帰ります」

優斗は、必死でイドリスから視線をそらす。

「そう、それはしかたがないが…。さっきなぜ泣いたのか、その理由を聞かないとね」

イドリスはきゅっと目を細めると、低い声で優斗に聞く。

「イドリスさんには、関係ない」

はっとして、優斗はイドリスを見る。

緑色の目でじっと見つめられると、優斗は肉食獣に追いつめられた獲物のように身動きが取れなくなった。

「私の胸で泣いておいて、理由を言わないのか？」

イドリスは、厳しい口調で優斗を追いつめる。

「それは、言えない…」

優斗は口唇を震わせて言う。

英貴のことを思って泣いたなんて、ユリアと友達のイドリスには絶対に言えないことだ。

「英貴君が、ユリアに取られてしまったからだろ？」

イドリスはニヤリと笑う。

「なんで…」

優斗は、それ以上言わないように両手で唇を押さえた。

唇の震えが全身に伝わってしまい、言わなくても答えはイドリスに伝わってしまったようである。

「教会で、英貴の告白を聞いてしまったから」

イドリスは、優斗の手を摑んで唇から引き離す。

「あの時、外にいたって!?　じゃあユリア先生も知ってしまったのか！」

優斗の顔から、血の気が引いた。

結婚式前に、新郎が友人の男性を好きだったと知ったら、新婦がどんなにショックを受けるかわからない。

英貴に告白されて自分が受けた以上の衝撃だったろう。

「ユリアは、英貴君が優斗君のことを好きだと、ずっと前から知っていたようだ。英貴君から、相談されていたそうだから」

イドリスは静かに告げる。

「そうなのか…」

ユリアの気持ちが揺らぐことはないだろうと知って、優斗はホッと胸を撫で下ろすとともに、とても寂しい気持ちになった。

自分には告白する勇気も、奪って逃げる決断力もなく、ただ後悔することしかできなかった。

あの時、自分が英貴に好きだと言っていたとしても、ユリアには絶対かなわなかったのだと優斗は悟った。

「友人として、私はユリアに幸せになってもらいたい」

イドリスは、優斗の手をぎゅっと握りしめた。

「いっ、痛い…、放してください」

その一言からイドリスの危険な感情を読み取って、優斗は怯《おび》える。

「君に、英貴君に好きだと告白してもらっては困るんだ」

イドリスは優斗の両手を摑んで、じわじわとベッドへと追いこんでいく。

「そんなの、あなたに言われる筋合いはない」

ユリアにはかなわないとわかっていても、自分の気持ちを英貴に伝えたいという思いを消すことはできない。

「認めるんだね、君も英貴君のことが好きだと」

イドリスは、厳しい表情で優斗に詰め寄った。

「それは……はい」

これ以上隠していてもしかたないと観念して、優斗は顔を上げて素直に認める。

「そうか…」

イドリスはぎゅっと唇を噛《か》みしめると、優斗の身体を抱きかかえるようにして持ち上げた。

「うっ、うわぁ。なにをするっ！」

そこそこ身長も体重もある優斗の身体が宙を飛んで、ベッドの上に落下する。

あまりのことに茫然《ぼうぜん》としていると、イドリスに両肩を摑まれ無理やりベッドに押しつけられた。

厳しい表情をしたイドリスの顔が迫ってきて、優斗は思わず瞼を閉じる。

「んっ…」

水を飲ませてくれた時のような優しいものではなく、唇を無理やり開かされ荒々しく舌を吸い上げられ、貪《むさぼ》るようなキスをされた。

「うっ、ううっ」

優斗はイドリスの服を摑んで必死に引き離そうとしたが、上から伸《の》しかかられているので、彼の重みで上手くできない。

だんだんと息が苦しくなって、身動きが取れなくなっていた。

醒めかけたはずのアルコールが再び身体の中を駆けめぐっているようで、身体が熱くなって頭がぼうっとしてくる。

強引にキスされたというのに、唇が離れると甘い感触だけが残った。

「すぐに忘れられる。私が英貴君のことを忘れさせてあげよう」

イドリスは優斗の頰《ほお》を撫でながら、じっと目の中を覗きこむ。

「そんなの…、無理だ。イドリスさんだって、ユリアさんのことが好きなら、わかるでしょう」

十年以上好きだったのに簡単に忘れられないし、そんなに簡単に割り切れるものなら、酔いつぶれるほど飲んだりしない。

「ユリアは友人だ。恋愛感情はない」

イドリスはきっぱりと告げる。

「じゃあ、なんで、そんなにこだわるんだ?」

言っていることがよく理解できなくて、優斗は眉間に皺を寄せてじっとイドリスを見た。

ユリアのことを想って、彼女に幸せになってもらいたいから、優斗が英貴に告白するのを止めるというのなら理解できる。

自分の好きな人には、幸せになってもらいたいから。

優斗が告白して、英貴とユリアが破局を迎えたとしたら、ユリアがイドリスを好きになることもありうる。そう考えれば、イドリスは優斗の告白を止めなくてもかまわない。

だが、ユリアに対して恋愛感情もなく、友人として幸せになって欲しいだけで、ここまでする必要があるのだろうか。

「優斗君に一目惚《ぼ》れした」

イドリスは小さく息をつくと、静かに告げた。

「えっ?」

優斗は驚いて、イドリスを見返す。

そう言われてみると、今までの言動に一貫性が生まれて納得できる。

優斗が告白して英貴と上手くいくと困るから、それを阻止するということだろう。

しかし、出会って間もない自分に、それほどの感情が生まれることがあるのだろうか。

「正直に言おう…。ユリアのことはカムフラージュで、優斗君が英貴君に告白して上手くいったら私が困るから止めたんだ。優斗君を落とせなくなるからな」

イドリスは苦笑する。

「そんな。会ってまだ数時間しかたってないじゃないか」

一目惚れなんて、優斗は信じていなかった。

相手のことをよく知ってからでないと、優斗には人を好きになることなどできない。

「恋をするのに時間など関係ない」

イドリスは優斗の手を握りしめると、熱っぽく語る。

「関係あるだろ。第一、俺、イドリスのことなんて全然知らない」

目で見えるイドリスの容姿以外で優斗が知っているのは、ユリアの友達で二十八歳で王子ということだけだ。

家族構成も、仕事も、どんな家に住んでいるのかも、そして性格もまったくわかっていない。

「今からわかり合えばいい。一番深いところで…」

イドリスは怪しい笑みを浮かべると、服の上から優斗のものに触れた。

「えっ？　…あんっ…」

刺激にピクッと身体が反応して、自分が出したとは思えない声が出る。

恥ずかしくなって、優斗は頬を赤く染めた。

「触られれば、感じるだろう？」

イドリスは優斗のベルトを外すと中に手を滑りこませて、耳元に熱い息を吹きこむ。

「なにを…、待てっ！　嫌だっ」

ゾクゾクとする感覚に首を縮めながら、優斗はイドリスの手を必死で振り払った。

気持ちがいいからといってこのまま流されてしまったら、どうなるかわからない。

「身体は嫌だと言ってない」

イドリスは優斗の両手首をひとまとめにすると、頭の上に引き上げて抵抗を封じこめる。空いている片手を大胆に動かした。

「やっ…、んあっ…、はあっ…いっ…」

両膝《りょうひざ》をすり合わせてそれ以上手を動かせないように抵抗してみるが、膝で足を押さえつけられる。

イドリスは身体も大きく力も強いので、とても抵抗しきれるものではない。

「あんっ…、はぁ…、はぁ…」

大きな手で包まれ愛撫《あいぶ》されると、優斗の抵抗は徐々にゆるくなる。

イドリスを拒んでいるのは形ばかりで、気持ちがよくて、もうどうでもよくなってきた。

「もっと感じさせてあげよう」

まったく抵抗しなくなった優斗のシャツのボタンをはずして、イドリスは胸に口づける。

「はぁ！」

初めての感覚に、優斗は息を飲んだ。

イドリスの唇が触れた箇所がじりじりと熱くなり、そこから快感が広がる。

正気だったら肌に触れられることを拒んでいただろうが、飲みすぎたせいで理性がゆるんでいてそれを許してしまう。

「んっ…、んっっ…、あっ」

皮膚をきつく吸われると、その感覚がさらに増して、身体のすみずみに伝わっていく。

声を出さないように必死で歯を食いしばったが、甘い声が溢れ出てしまう。

ただ、気持ちがよかった。

「どうだ、いいか？」

巧みな愛撫を加えながら、イドリスは視線を上げて優斗に聞く。

「うっ…いぃ」

確かに気持ちよかったが、なんでそんなことを言ってしまったのか自分でもよくわからない。

今日初めて会ったイドリスとこんなことをして、さらに感じているなんてどうかしている。

そう思ってはみても、与えられる快感に優斗は溺《おぼ》れていた。

「そうみたいだな…、ここも濡《ぬ》れている」

イドリスは優斗のものを引きずり出し、先を指で擦《こす》ると、それに舌先を這《は》わせる。

「やっ…、そんな」

その生々しい感触に、優斗は激しく動揺した。

そんなことを今までされたことがない。

「あっ…、はあっ…、ああっ……」

熱が一気に頭に上り、激しく息が乱れ、優斗の身体は急激に熱くなった。

クチュクチュと濡れた音が部屋の中に響き、優斗の呼吸はさらに乱れる。

「あん…っ…、あっ…、はっ」

絡みつき、飲みこまれ、さらに吸い上げられて、優斗は甘い声を上げていた。

そこに与えられる感触しかわからなくなる。

優斗は、イドリスから与えられる強烈な快感にのめりこみ始めていた。

ざわざわとしていた感覚がそこに集まり、徐々に熱を帯びてくる。

「はぁ…、はぁ…、ぁあ…」

イドリスの舌に翻弄《ほんろう》されて、優斗はただ喘《あえ》ぐことしかできない。

「もっ、…だっ…だめっ、あっ！」

身体から熱いものが飛び出した途端、ぎゅっと閉じた瞼の裏に星が飛び、足の筋がぎゅっと引きつる。

身体がふわっと浮いて、落ちていく感覚に襲われた。

「…ずいぶん敏感だな」

イドリスはゆっくりと身体を起こすと、優斗を覗きこんで聞く。

「んっ…」

その言葉で我に返って、優斗は自分のしてしまったことに気がついた。

一瞬にして頬に血が上り、恥ずかしさに身体が震え出す。

英貴とこういうことをするところは想像していたが、好きでもない人とするなんて優斗は考えてもいなかった。

そして、相手を好きでなくても、されれば気持ちがいいのだと知り、優斗は少なからずショックを受けた。

「初めてか？」

優斗の目尻《めじり》にたまった涙を指で拭いながら、イドリスは聞く。

「うっ…、うん」

隠してもしかたがないので、優斗は素直に頷いた。

だが恥ずかしくて、イドリスの顔をまともに見ることができない。

「そうか、それなら優しくする」

イドリスは優斗の髪を優しく撫でながら、甘く囁く。

「……、それは」

それがどういうことなのか、優斗だって知らないわけではない。

ずっと英貴を好きだったのだから、男同士でするにはどうしたらいいのか知っている。

これから先は、気持ちがいいからと流されてできることではない。

「これ以上は、無理…」

優斗はイドリスの胸に両手を押しつけた。

「今までのは、軽くたわむれた程度だ。これからが本番だろう？」

イドリスはキスをしながら、はだけていた優斗のシャツを脱がす。

「だって、俺はイドリスを好きじゃない」

優斗は顔を背けて、執拗《しつよう》なイドリスのキスから逃げる。

どう考えても、これ以上のことは好きな人とでなければできない。

「これから私を好きになれば、問題ない」

イドリスはきっぱりと言うと、脱がしたシャツで優斗の腕を縛りつけた。

「そんな都合よく…、って、おい！　なんで縛るんだよ、こんなの犯罪だぞ！」

優斗は驚いて、イドリスに向かって叫ぶ。

「怖がることはない。すぐに気持ちがよくなる」

イドリスはそれを軽く受け流すと、優斗の下肢に手を伸ばした。

「そういう問題じゃなくて、気持ち的に無理なんだ…、うっ」

身体の中に指を入れられて、優斗はそれ以上抗議することができなくなる。

「ここを使うのは初めてか？」

イドリスは優斗に聞きながら、指を身体の奥に埋めた。

「あっ！」

思わず声を上げてしまい、優斗は唇を噛みしめる。

「待てっ、…いたっ…、嫌だっ。痛いっ！」

イドリスに容赦なく指で中を擦られて、優斗は痛みに身体を強張《こわば》らせた。

「なかなかゆるまないな…」

しばらく格闘していたが、イドリスは指を抜くと優斗から身体を離して、隣の部屋に行く。

「ふぅ」

痛みから解放されて、優斗はほっと息をついた。

今のうちになんとかして逃げようと思っていたが、すぐにイドリスが戻ってきてしまった。

「うっ、うわっ！」

イドリスに身体を転がされ、うつぶせに寝かされる。

なにかぬるりとしたものが背中のくぼみに垂れてきて、部屋の中に甘い香りが漂った。

「アルガン油だ」

イドリスは油を広げるようにして優斗の背中をマッサージしていたが、手を下に滑らせて油を優斗のそこに塗る。

「あっ…、はあっ」

今度は痛みもなく、イドリスの指がするりと優斗の身体の中に入りこんできた。

「痛くないか」

イドリスは優斗の耳元で囁くと、初めはゆっくりと、だが徐々に大胆に指を動かしていく。

「うっ…、う…んっ」

違和感はあるが痛みはなく、イドリスに内壁を擦られると、今までにない快感に襲われた。

次から次へと湧《わ》く快感に、優斗はぞくぞくと身体を震わせる。

好きでなければ無理だと思っていたのに、快感を与えられてその信念が揺らぎ始めた。

いくら好きでも、英貴は優斗の手の届かないところに行ってしまって、なにもしてくれない。

英貴がしてくれないなら、もうだれとしようが、気持ちがよければいいのではないかと、優斗は自暴自棄な気持ちになっていた。

「ふふっ…、優斗は案外、感じやすいんだな」

イドリスは中を探りながら、勃起《ぼっき》し始めた優斗のものに指を絡める。

「あっ…、ぁぁ…っ…、もっと…、気持ちよく」

英貴への想いをあきらめるために、優斗はイドリスに懇願した。

ずっと英貴を好きだったが、行動に移そうとしなかった自分がすべて悪い。

「わかった。気持ちよくしてやる…」

イドリスは微笑むと、優斗を攻め立てる。

「あんっ、そっ…、そこ…やめっ…、変になる」

すぐに次にと割り切れるものではないとはいえ、今はとにかく英貴のことを忘れたかった。

心は大きく揺れていたが、優斗の身体はイドリスに与えられる快楽を求めている。

それを扱《しご》かれ指で中を擦られていると、快感で頭がぼうっとしてきて、もう考えるのも面倒になった。

このまま流されて、最後までいってしまってもいい。

「ここが、優斗のいいところなんだな」

イドリスは目を細めて、指を二本に増やした。

「ああっ！　…ぅ、やぁ…、あ…、あっ…」

そこを擦られると激しい射精感が襲ってきて、優斗はビクビクと身体を震わせた。

「はぁ…、はぁ、またっ…」

優斗は誘うような視線をイドリスに投げかける。

「まだ、イくんじゃない。…少し我慢するんだ」

イドリスはなだめながら優斗を仰向けにすると、今まで指が入っていた優斗のそこに猛《たけ》ったものを押し当てた。

「あっ」

皮膚でその熱さを感じて、優斗はハッとしてイドリスを見上げる。

「やっぱり…。いっ、いやだっ！」

さっきまではどうなってもいいと思っていたのに、いざとなると優斗は逃げ出したくなった。

それは英貴への想いではなく、純粋に未知の体験への恐怖である。

すぼまっている優斗のそこがイドリスのものを受け入れられるとは、到底信じられなかった。

「怖がらなくていい。私に任せなさい」

イドリスはそれを察すると、優斗の腰をしっかり掴んで強引に身体を沈めた。

「ぁあっ」

ぎりっと音を立ててイドリスのものが身体に入ってきて、優斗は息ができなくなる。

「うぅっ」

肉棒に身体を押し開かれる初めての痛みに、優斗は歯を食いしばった。

シーツをぎゅっと握りしめた指先が冷たくなる。

「いっ、痛いっ……、あぅっ！」

ぐいっと腰を押し上げられて、不自然に開いた足先が宙に浮く。

そのままでは不安定で、優斗は思わずイドリスの背中に両手を回してしがみついた。

「あっ…、ああっ」

身体が密着すると、イドリスのものがさらに奥まで入ってくる。

「ほらっ、私が入っているのがわかるか？」

イドリスは、近くなった優斗の顔を見てうっすらと微笑む。

「んっ、…うぅ…っ、あっ、熱い…」

身体の中からイドリスの体温を感じて、優斗は低く呻《うめ》く。

優斗の内壁を押すイドリスのものは太く、ドクドクと脈打っていた。

そうしてただ抱きしめられていると、挿入された時の痛みは徐々に和らいでくる。

痛みに気を取られていた時は気がつかなかったが、密着したイドリスの身体から甘い香りが漂っていて、ドキリとした。

「はっ…。はぁ…、はぁ…、はぁ…」

中と外からイドリスの体温を感じて、優斗の呼吸は徐々に速くなる。

なんだか、妙に息苦しい。

「もっと私を感じさせてやる。覚悟するがいい」

イドリスは優斗の腰を摑むと、グイッと持ち上げる。

「ひっ！」

イドリスのものの角度が変わって腸壁に突き当たり、優斗は息を飲んだ。

痛みの他に、突き破られるかもしれないという恐怖で、一瞬気が遠くなる。

だがすぐにイドリスのものは引き出され、優斗は正気に返った。

「あっ…、ああっ…、ああっ…」

抽挿が繰り返される。

宙に浮いた足先が小刻みに揺れ、優斗は動きに合わせて声を上げることしかできなくなった。

痛いのか、気持ちいいのか。そのどちらでもあり、どちらも違うような気がする。

身体のすべてが熱く、優斗は必死で呼吸を繰り返していた。

「いい声だ、優斗。もっと聞かせてくれ」

イドリスは熱に浮かされたような眼差しで優斗を見つめ、激しく腰を動かし続ける。

「あんっ…、ハァ…、あ……あっ…、ああッ」

好きとか嫌いとか、そんなことを考えている余裕はなく、ただ身体がイドリスから与えられるものを感じとっているだけだ。

ついていくのに精一杯で、頭の中は次第に真っ白になる。

粘膜同士が擦れ合う音と、優斗の高い喘ぎ声が部屋の中に大きく響く。

「…、はぁ…、はぁ…。優斗…、いいな」

イドリスは眉根を寄せて優斗に囁くと、腰を摑んで深く突き入れる。

「あうっ」

背筋に痺《しび》れが走り、優斗は震えながら熱いものを吐き出した。

身体がビクビクと痙攣《けいれん》して、中にあるイドリスのものをきつく締めつける。

形も大きさも熱さも、イドリスのすべてを身体が覚えようとしているようだ。

「ふっ」

ぶるっと身体を震わせ、イドリスは低い声を上げる。

「あっ、なに?」

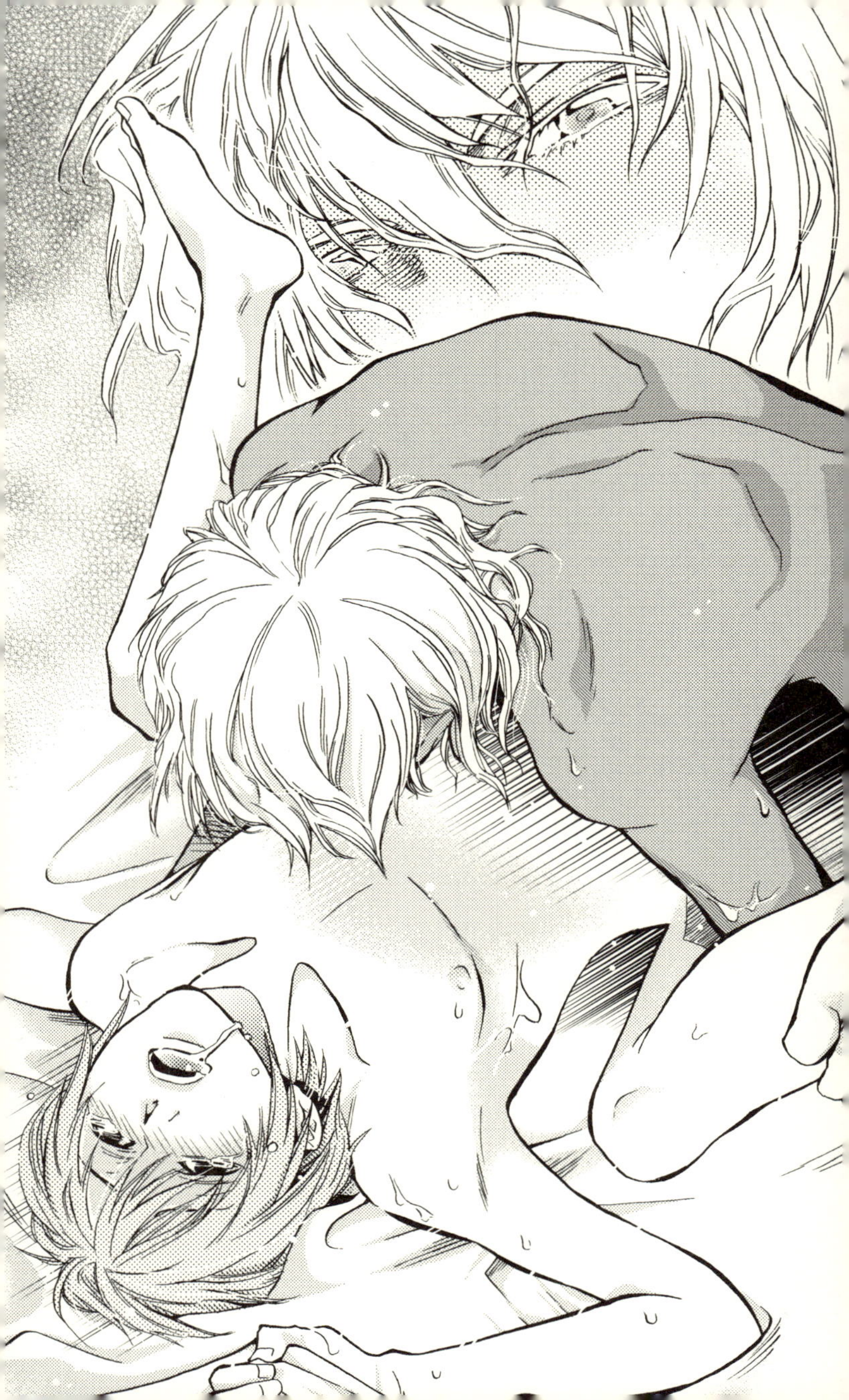

身体の中で熱いものが弾《はじ》けて、優斗は声を上げた。

惚《ほう》けた頭で考えて、それがなにかわかった途端、さらに身体がひくひくと痙攣してイドリスのものをゆるりと締めつける。

身体はふわふわとした感覚に包まれ、頭はぼんやりと霞《かすみ》がかかったようになり、優斗はその感覚に酔いしれた。

とても気持ちがよくて、いつまでもこのままでいたい。

「優斗、そんなに締めつけるな。私のものをすべて搾《しぼ》り取ろうというのか?」

イドリスは深く息をつく。

「ちがっ…、そんなんじゃない」

その言葉に驚いて、優斗はイドリスを見た。

自分の意思とは関係なく、身体が勝手に動くのである。

「無意識にしてるのか…。それはすごいな」

イドリスはうっとりと瞼を閉じると、優斗の上に覆いかぶさった。

「うっ…、重いって…」

とても色っぽい表情のイドリスを間近で見て、優斗はドキリとする。

見蕩れてどうするんだと思うが、イドリスの憂いを帯びた表情から目が離せなくなった。

凹凸が少ない日本人と違い、イドリスは彫りが深くて綺麗な顔をしている。

今までは全体として見ていたようで、ちゃんと顔の中身まで確認してなかったのかもしれない。

「なんだ？」

イドリスは瞼を開けて、じっと優斗を見つめる。

「綺麗…。目なんかエメラルド色だ」

ステンドグラスのように光を反射しているイドリスの目を見て、優斗は息をつく。

「もう一度、してもいいか？」

イドリスは優斗の唇に軽くキスをして聞く。

「えっ！」

ぎょっとして、優斗はイドリスを見た。

「いつもより早かったから…、優斗を満足させてないような気がする。それに…、優斗を見ていたらまたたっ…」

イドリスは困り顔で言い、身じろぎをする。

「あっ…」

中に入ったままのイドリスのものが、また大きくなってきたような気がして思わず声を上げた。

「いいな！」

イドリスは身体を起こすと、有無を言わせず優斗の片足を摑んで身体を反転させる。

「あぁんっ」

イドリスのものが腸壁を強く擦り、腰が砕けそうなほどの快感を得て、優斗は思わず甘ったれた声を上げた。

自分で出した声に驚いて、優斗は慌てて唇を両手で押さえる。

「ぞくぞくする」

優斗の腰を掴んで高く引き上げると、イドリスは膝立ちになって腰を動かし始めた。

「まて…、俺まだ…いいって言ってな……あっ、…ああっ…んっ…」

抗議したものの、快感に流されて、なし崩しにイドリスに攻め立てられる。

無理に股関節《こかんせつ》を開かされない分、後ろからされたほうが楽で、その分快感が増したような気がした。

「あっ！　そんな…激しく…、あっ……動かすな、ああっ…」

ただ肉棒に擦られているだけなのに、病みつきになる気持ちよさが湧いてくる。

どうかしていると思いながらも、与えられる快感には逆らえない。

中で出されたイドリスの精液のせいなのか、擦れ合うたびにグチュグチュと音がする。

耳から入る音の刺激が頭の中で響き、それが再び身体に広がって優斗の興奮をますます増大させた。

「いっ…、いいっ…、ひゃ…っ、ああっ…」

再び勃起し始めた自分のものをイドリスに握られると、優斗は夢中になった。

「こっちもヌルヌルだな。優斗、腰を振って…」

優斗のものを扱きながら、イドリスは耳元で低く囁く。

「うっ…、うん…」

イドリスの言葉に優斗の身体は反応して、より深い快感を貪欲《どんよく》に求める。

低く響く声も、体温も、激しく突き上げるイドリスのものも、なにもかもが優斗を夢中にさせていた。

この状況をおかしいと感じることが、優斗にはできない。

イドリスに命ぜられるままに、眠っていた快感を次々と目覚めさせていた。

「そう、上手だ。優斗がいいように、動いてみろ」

イドリスは、優斗の背中を優しく撫でながら誘導する。

「いいっ…、あっぁ…はぁ、…はぁっ」

優斗は欲望に忠実に従い、腰を動かした。

意識しない涙が、汗と一緒に頬を流れていく。

ぎゅっと握りしめたシーツは、優斗の汗を含んで湿っぽくなっていた。

「…ああっ…、あうっ…あんっ」

全身から汗が吹き出し、開けっぱなしの唇からは唾液《だえき》が流れ落ちる。

「あっ、はぁ…はぁ…あっ」

皮膚がぶつかり合う音が響き、優斗の嬌声《きょうせい》は一段と高くなった。

目に涙をためながら、優斗はイドリスだけを感じていた。

「はーっ…、はーっ…、そうだ…」

イドリスの呼吸音が荒くなり、動きが緩急をつけて不規則に変化した。

「いやぁ…、あっ…、はぁ……。あっ！」

その変化に、優斗はついていけなくなる。

「私だけを感じて、鳴け」

イドリスは、悶《もだ》え狂う優斗をぎゅっと抱きしめた。

「あぁーっ！」

身体が激しく震え、閃光《せんこう》が身体の奥から優斗を焼きつくす。

突っ張っていた膝と腕から力が抜け、優斗はシーツに力なく崩れる。

焦点の定まらない夢見る表情で、優斗はただ快感だけを貪っていた。


「う〜ん、う〜ん」

優斗は夢を見てうなされていた。

「ひゃああ！」

叫んだ自分の声で、目が覚めた。

非常に夢見が悪いと思いながら、優斗は前に差し出していた手を布団の中に引っこめる。

「う～ん、いっ」

寝返りを打って、優斗は思わず声を上げた。

頭も喉も腰も、ありえない場所もズキズキと痛い。

「ここはどこだ？」

寝ているベッドも、天井の色も、照明も、なにもかも自分の部屋のものではない。

痛む頭で、優斗は昨日のことを必死で思い出していた。

「やあ、おはよう」

頭の上から声が降ってきて、優斗は思わず視線を上げる。

「うっ、うわぁ！」

イドリスが上から覗きこんでいて、優斗は驚いて叫んだ。

「うわっ、びっくりした」

イドリスは驚いて、後ろに引く。

「あっ、ああ…。ユリア先生の友達のイドリス？」

起き抜けは夢と現実がごっちゃになっていたが、徐々に昨日の記憶が戻ってくる。

イドリスとは英貴の結婚式で知り合って、披露宴で盛り上がり、飲みすぎて酔いつぶれて、その後、気がついたらホテルの部屋で寝ていて……。

「うわぁあ！」

すべてを思い出して、優斗は思わず叫び声を上げた。

「どっ、どうしたんだ？」

その声に驚いて、イドリスはさらにベッドから遠く離れる。

「驚いたのは、こっちのほうだ…。いっイタッ！」

起き上がろうとして腰に激痛が走り、優斗はうずくまって思わず呻いた。

「大丈夫か？」

その様子に、イドリスは慌ててベッドの側まで戻る。

「大丈夫なわけないだろう。あっ、あんな…」

獣のようなHをしたことを思い出して、優斗は耳まで真っ赤になった。

「お尻が痛いのか…。初めてだったからな。大丈夫、そのうち慣れるから」

イドリスは、クスリと笑うとつけ加える。

「慣れてたまるかっ！　一回限定だ」

余裕しゃくしゃくの笑みが憎らしい。

それより、慣れるほどやってやろうという気配がイドリスから見てとれて怖い。

「まあ、そんなことを言っていられるのも今のうちだけだ。すぐに骨抜きにしてやるよ」

イドリスは優斗の顎を摑んで引き上げると、キスをした。

「朝っぱらから盛ってるんじゃないっ！」

優斗はイドリスの顔に手を当てて、思いきり遠ざける。

まったく、油断も隙《すき》もあったものではない。

「なにを勘違いしてる、ただの挨拶だ。その気になるっていうのは…」

イドリスはにやにやと笑いながら、素早く布団の中に手を差し入れた。

「うわあっ！」

冷たい手で太腿《ふともも》を触られて、優斗は思わず悲鳴を上げる。

それを触ろうと狙《ねら》ってきたイドリスの手を摑んで、優斗は危ういところで難を逃れた。

「その気にさせてやろうと思ったのに、残念っ」

イドリスは舌打ちをして、慌てて手を引いた。

「冗談じゃない。もう帰る！　俺の服はどこだ？」

ベッドの周りを見ても自分の服がないので、優斗はイドリスに聞く。

疲れて寝ている間に、どこかに片づけたのだろう。

「服か？　マリーンに片づけさせたので、どこに置いたか聞いてみよう」

イドリスは言うと、部屋に備えつけられている電話の受話器を取った。

「マリーン?」

初めて聞く名前なので優斗は首を傾げる。

「使用人だ」

こともなげにイドリスは言うと、アラビア語で話し始める。

「使用人か、なるほど…」

納得しかけた優斗だが、よくよく考えると情事の後に、第三者を部屋の中に呼び入れて片づけさせたということだ。

一瞬にして、優斗の顔から血の気が引く。

この状況を見れば、なにをしたのかなんて一目瞭然《いちもくりょうぜん》だろう。

それに服を片づけたのなら、主人の相手が女性でないこともわかったはずだ。

「服を持ってくるそうだ」

受話器を置いて、イドリスは振り返る。

「えっ! わざわざ持ってこなくても、置いといてくれれば後で自分で取りに行く」

優斗はうろたえまくって、断わった。

なにもかもわかっているイドリスの使用人と、朝っぱらから顔を合わせるなんて冗談じゃない。

「全裸で?」

イドリスはいたずらっぽい目を向けて聞く。

「えっ？　うっ、うわっ！」

そう言われてあらためて見ると、優斗はなにひとつ身につけていなかった。

言われるまで気がつかなかったなんて、まぬけな話である。

優斗は慌てて、毛布を胸の上まで引き上げた。

しばらくするとチャイムが鳴る。

「服だけでいいからな！　とにかく服だけ取ってきてくれっ！」

寝室から出ていくイドリスに、優斗は頼みこんだ。

聞き耳を立てていると二人でなにか話す声がしばらくの間していたが、いきなりドアが開いて
民族衣装姿の若い男性が入ってくる。

金髪で目は青く、人目を引く整った容姿だ。身体つきは小さく、年齢も十代前半にしか見えない。

イドリスの国ではどうかわからないが、日本ではまだ働いていない年齢だ。

「うっ、うわっ！」

驚いて固まっていると、少年は優斗の目の前まで来てぺこりと頭を下げた。

「初めまして、マリーンです。主人がお世話になっております」

マリーンは鋭い視線を優斗に向けて、トゲを含んだ言葉で挨拶をする。

「えっ、ああ。相田優斗です、よろしく…」

なんとか挨拶を返したが、もうそれ以上言うことはない。

マリーンからは敵意を含んだ視線を感じるが、主人を誘惑した悪い男だと思っているのだろう。したことには変わりないので、今さら自分から誘ったのではないと弁解してもしかたない。服を置いたら早く出ていってもらいたいというのが、本音である。

「これを」

マリーンはテーブルの上に優斗の衣服を置いた。

「マリーン、朝食のルームサービスを頼んでくれ」

イドリスがマリーンに頼む。

「はいっ」

嬉《うれ》しそうに返事をすると、マリーンは部屋から出ていった。

「なんで、イドリスが服だけを持ってきてくれなかったんだ」

優斗はイドリスを睨んで言う。

「マリーンが、自分の仕事だと主張するのだからしかたない。私にそんなことはさせられないそうだ」

イドリスはチラリと優斗を見て、軽く肩を竦める。

「今の子はずいぶん若いようだけど、もう働いてるのか？」

優斗はテーブルの上に置かれた服に手を伸ばしながら、イドリスに聞く。

そんなたいそうな仕事かと思ったが、イドリスは一応王子なので、使用人の立場からすれば頼むなんて恐れ多いのかもしれない。

気を使えと思ったが、イドリスは細かい心づかいができる日本人ではなかった。

「マリーンは山岳部から働きに来ている。山岳では遊牧しか仕事がないので、中学を卒業したら若者はみんな村を出る」

イドリスは答えた。

「そうか」

あんなに若い子が働きに出るとは、日本とイドリスの国ではずいぶん環境が違うようである。

イドリスの目に触れないように、布団の中でごそごそと服を着ると、優斗はベッドから抜け出してなんとか立ち上がった。

「帰る」

身体はあちこち痛むが動けないほどのダメージではないので、優斗は憮然《ぶぜん》として言う。

「朝食のルームサービスを頼んだ。優斗も、お腹がすいただろう」

イドリスは優斗の腕を摑んで、にっこりと笑う。

「えっ？」

聞かれた途端、お腹が鳴った。

早いところここから逃げ出したかったのだが、お腹は正直である。

「運動量が多かったからな」

イドリスは意味ありげな笑みを浮かべた。

「うっ、うん。まあそうだけど…。そのことはもう言わないでくれ」

返答できないようなことを言われるのは困る。

そのことはなかったことにして、綺麗さっぱり忘れ去りたいのだ。

「どうして？　私たちはもう恋人同士だろう」

イドリスは笑顔で、こともなげに告げる。

「一回寝たぐらいで、恋人面かよっ！」

言ってしまってから、まるで身持ちの悪い男のような台詞だと優斗は思う。

実際はヤラれてしまった側なので、自分が言う台詞ではないような気がするが、心情的には合っている。

出合い頭に接触したとか、のら犬に噛まれたとか、たまたま運が悪かった不幸な事故として処理したいのだ。

「やっぱり一回じゃなく何回もセックスしないと、恋人として不十分だと言うんだなっ」

イドリスは優斗の手を握りしめると、目をキラキラと輝かせる。

「自分に都合よく解釈するな。このことは、もう忘れたいんだ」

優斗は、イドリスに頼んだ。

「そんな。優斗のイッた時の顔とか、可愛《かわい》い喘ぎ声や、私を締めつける感触を忘れるなんてできない」

イドリスは拳《こぶし》を握りしめ、真剣な表情で力説した。

冗談ではなく本気でそう思っているのが、イドリスの怖いところである。

「思い出すから言うなっ！」

優斗は真っ赤になって、両手で耳を押さえた。

今ので、二度犯された気分である。

「優斗は、そんなに私が嫌いなのか？」

イドリスは眉根を寄せて、じっと優斗を見る。

「嫌いとか好きとか、それ以前の問題だ。だいたい昨日は酔って理性がぶっ飛んでたから、つい気持ちいいことに流されちまったんだ。しらふだったら、絶対しなかった」

優斗はプイッと横を向くと、ばつが悪そうに言う。

そう、酔ってさえいなかったら流されることもなかったし、気持ちよくなったとしてもきっぱりと断われたはずだ。

優斗は昨日の不祥事をすべて、アルコールのせいにすることに決めた。

「私のテクニックにメロメロで、夢中で私を求めていたのに？」

イドリスは、挑戦的な笑みを浮かべる。

「ずいぶん自信たっぷりだな。でも、それは全部お酒のせいだから！　イドリスのテクニックにメロメロになったんじゃない」

挑発だとわかっていながら、優斗はそれに反応してしまっていた。

自分がイドリスに骨抜きにされたようなことを言われては、黙っていられない。

「じゃあ、確かめてもいいか？　本当にお酒のせいなのか…」

イドリスは疑り深い表情で優斗を見る。

「どうぞ」

優斗は即答した。

絶対の自信があったし、そうでなければ困る。

「じゃあ早速……」

イドリスはニヤリと笑って優斗の両肩を捕まえると、力まかせにベッドに押し倒した。

「えっ！」

突然のことで抵抗できずに、優斗の身体はベッドに沈む。

「ちょっと待て。いきなりは卑怯《ひきょう》だぞっ！」

上から伸しかかってくるイドリスを退《ど》かそうと、腕を突っ張り、優斗はじたばたと暴れる。

「安心しろ。優斗の弱いところはちゃんと覚えてる。遠慮せずに喘いでいいぞ」

イドリスは優斗のネクタイを引っ張って緩め、あらわになった首筋にキスをした。

「うっ…」

首筋をきつく吸われてじんっと痺れが走り、優斗の抵抗が弱くなる。

イドリスの柔らかな唇の感触と、きつく吸われる痛みが混じると、なぜか快感に変わって全身に広がっていく。

「抵抗しても無駄だ。観念して認めろ」

低い声で囁きながら、イドリスは優斗の身体を服の上から撫でる。

「いっ、やだっ！」

イドリスに触られていると身体がじわじわと熱くなり変な気持ちになってきて、優斗は必死でその手を振り払う。

「変なところを触るなっ！」

優斗がイドリスの攻撃から逃げようともがいていると、チャイムが聞こえた。

だれか訪ねてきたようで、助けを求めるチャンスである。

「だれだ？」

それをいち早く察したイドリスは、声を出せないように優斗の口を押さえると、聞き耳を立てた。

「うっ、ううっ…、ううっ」

優斗は助けを求めて、必死で唸《うな》る。

隣の部屋からカチャカチャという陶器や金属の触れ合う音がして、しばらくすると、コーヒーの香りが寝室まで漂ってきた。ルームサービスの朝食が来ているようだ。

優斗は一生懸命、助けを呼んでみたが、やはり聞こえていないようで、ボーイはそのまま挨拶をして出ていってしまった。

がっかりして身体から力を抜いた途端、寝室のドアが開いた。

「お取りこみ中失礼しますが、ルームサービスがまいりました。冷めないうちにお召し上がりください」

マリーンは顎を上げてベッドの上にいる二人を見ると、きつい口調で告げる。

「あっ…、わっ、わかった」

いきなりドアを開けられると思っていなかったイドリスは、慌てて優斗の口から手を放して答えた。

「いつまでも、人の上に乗っかってるんじゃねぇっ！」

優斗は、マリーンに気を取られて油断したイドリスをベッドから蹴《け》り落とすと、素早く起き上がって、大股《おおまた》で寝室を横切る。

「お先に、ごちそうになるよ」

マリーンの横をすり抜けて、優斗は食事の用意されているリビングに入った。

「イドリス様も、いつまでも寝ていないで早くいらしてください」

床に倒れているイドリスの側まで行くと、大きく息をついてマリーンは手を差しのべた。

「おいしいな、このスクランブルエッグ」

マリーンのおかげで冷たくならないうちに朝食にありつけて、優斗はご機嫌だった。

あのままイドリスに攻め続けられていたら、今頃どうなっていたかわからないので、マリーンには感謝してもしきれない。

「そうですか。他になにかお取りしますか?」

マリーンは、淡々とした表情で答えた。

「うーん、迷うな。じゃあ、ポテト、ベーコンはなるべくカリカリのを」

優斗は皿を渡してマリーンに頼む。

ホテルメイドの朝食は、ハム、ソーセージ、ベーコン、サラダにポテトにフルーツに、トースト、デニッシュ、シリアル、パンケーキ、ヨーグルト、チーズ、牛乳にスープ、さらにフレッシュジュースと種類も豊富だ。

ミニバイキングさながらの品揃《しなぞろ》えに満足しながら、優斗はマリーンに取ってもらいぱくぱく食べる。

食事をしたら今まで働いていなかった頭がようやく動き出し、力も湧いてきた。

心に隙があったとはいえ、イドリスに簡単に身体を許してしまうなんてどうかしていた。

イドリスは強引で手がやたらに早いので、今後、迂闊《うかつ》に近づくのはやめようと優斗は思う。

まあ、すぐに自分の国に帰ってしまう人だし、セックスしてしまったのは運悪く出合い頭の事故に遭ったと思うことにした。

「優斗、実は折り入って頼みたいことがあるんだが、いいか?」

イドリスは食事の間中チラチラと優斗を見ていたが、食後のコーヒーが出された時点でやっと口を開いた。

「セックスなら断わる」

先制攻撃のつもりで、優斗はイドリスを睨みつけてきっぱりと答える。

これ以上係《かか》わり合いになるのは、絶対によくない。

イドリスは一瞬きょとんとして優斗を見たが、すぐにクスクスと笑い出す。

「いや、そういうことじゃなく。優斗に東京の観光案内をしてもらいたいんだ」

「かっ、観光案内?」

優斗は、頭を掻《か》きながら思わず聞き返した。

昨夜《ゆうべ》のことがあったので、どうやら気負いすぎたようである。

「イドリス様、どうぞ」

マリーンは渋い顔で、笑いころげているイドリスにガイドブックを渡した。

「私は日本に来たのは初めてだから、東京の名所を観光したいんだ。ちゃんとガイドブックのチェックもしてきた」

イドリスは、優斗の前にガイドブックを広げる。

「なんで俺に？　案内なら、専用の外国人ガイドを雇えばいいだろう」

優斗はすぐさま断わった。

自分はガイドに関しては素人だし、それに、四六時中手の早いイドリスといたらなにをされるかわからない。

「探したんだが、見つからなかったんだ。アラビア語ができて、二週間専属でこの部屋に私たちと泊まって案内してくれるガイドが…」

イドリスは、深く息をつく。

「二週間も一緒に寝泊まりは、難しいな。いっそ自分の国からガイドを連れてくればよかったのに」

優斗は唸った。

確かに二週間拘束で、朝から晩まで一緒でもいいという人を探すのは難しいだろう。

「私の国には、日本語が話せる公認ガイドは三人しかいない。みんな、日本からやってくるツアー客の仕事で忙しい」

イドリスは淡々と説明する。

「そうか。日本語が話せるガイドでも、日本の観光地に詳しいとは限らないしな」

優斗は腕を組んでコクコクと頷く。

日本語が話せても、日本に来たことがない人だっているはずだ。

「そういえば、東京駅から外国人専用のツアーが出てるけど、それじゃだめなのか？」

優斗は思い出して、イドリスに聞く。

「外国人専用ツアーは、ほとんどが英語なんだ。私は平気だが、マリーンは英語がわからない」

イドリスは、チラリとマリーンを見た。

「えっ、英語がわからないって、日本語はわかるのに？」

優斗は、驚いてマリーンを見る。

たどたどしいが結構ちゃんと日本語を話しているので、英語もできると思っていた。

「日本語は、ユリアの結婚が決まった時に、日本語教師に来てもらって二人で覚えたんだ」

イドリスはマリーンの肩を叩く。

「アラビア語とフランス語が公用語なんです」

マリーンは答えた。

「そうか、フランス語のツアーか…」

探せばあるかもしれないが、英語のツアーに比べたら格段に種類が少なくなるだろう。

ガイドブックについている大量の付箋《ふせん》を見ると、ツアーで希望の場所すべてを回るのは無理そうだ。

「そういうわけなので、優斗にぜひ案内してもらいたいんだ」

イドリスは、満面の笑みを浮かべて優斗の手を取る。

「ガイドなんていっても俺は素人だし…。いっそ、日本人用のツアーなんてどうだ?」

優斗はイドリスの手を振り払い、ポンッと手を叩いて身を乗り出した。

「日本人用のパンフレットを空港で見たが、私たちは日本語が読めない。どうやって参加すればいいのかわからない」

イドリスはオーバーに首を横に振った。

「うーん」

優斗は腕を組んで、考えこむ。

日本語が読めないと、自分の乗っているバスひとつ探すのも大変だろうし、もちろん書けないだろうから申込書をどうするかも問題である。

自分も一緒に乗っていくしかないと考えて、それでは自分で案内しても同じことじゃないかとふと我に返った。

気の毒ではあるが、簡単に引き受けるのもどうかと優斗は考える。

「もちろんガイド料は払うし、必要経費もすべて私が持つ」

イドリスは熱心に頼みこんできた。

「悪いけど、断わる」

二週間もイドリスと一緒に行動したら、お酒に気をつけていてもなにがあるかわからない。

「優斗がいい返事をしてくれないなら、しかたがない。こんなことはしたくないが…」

イドリスはわざとらしく大きく息をつくと、テーブルの上にある携帯電話を摑んで、カチャカチャとボタンを押して操作し、画面を優斗の目の前に差し出した。

「えっ？」

優斗はそれを見て絶句する。

目の前で開かれた携帯電話の画面には、優斗の全裸姿が映っていた。

それも明らかに、イドリスとセックスをした後に撮られたものである。

イドリスに無理やりやられたうえに、無許可で写真まで撮られたのだ。

「いつの間にそんなものを！」

優斗は真っ赤になって、イドリスの手から携帯電話を取ろうと躍起になる。

必死で奪おうとしたが、イドリスのほうが背が高く力があるので、簡単に振り払われた。

「この携帯電話には、昨日知り合った優斗のお友達のメールアドレスも登録してある」

イドリスは携帯電話を操作すると、今度はアドレス帳を出してにっこりと笑う。

「きっ、脅迫するのか！」

優斗は怒りに震えながら、イドリスを睨みつける。

どうやらイドリスは、その画像を戸塚や森本に送りつける気らしい。

「優斗がガイドを引き受けてくれるのなら、写真を送ったりしない」

イドリスはニヤリと笑うと、携帯電話にキスをする。

「わかった！」

優斗は渋々承知した。

そんな画像を友達に送られたら、どんな噂《うわさ》を立てられるかわからないし、みんなと一生顔を合わせることもできない。

「ありがとう。感謝する。もちろんガイドの条件には、二週間泊まりこみというのが入っている」

イドリスは満面の笑みを浮かべて、つけ加えた。

「だれがそんなことまで承知した。それだけは断わる！」

優斗は、必死で抗議をする。

一緒に寝泊まりなんかしたら、イドリスにヤられてボロボロになるに決まっていた。

「嫌なら、この画像を…」

イドリスは急に無表情になって、携帯の操作を始める。

「まっ、待て、わかった。ここに泊まりこみで、ガイドをすればいいんだろうっ！」

優斗は慌ててイドリスの手を掴むと、やけくそで返事をする。

イドリスとのことは二週間我慢すればいいが、情事の後の画像を送られたら、みんなから一生言われるだろう。

それならばと、優斗は二週間の我慢のほうを選んだ。

イドリスに迫られても、心を強く持ってはねのければいいのだ。

二度も三度もそうやすやすとヤられてたまるかと、優斗は思う。

「初めから素直にそう言えばいい」

イドリスは大きく頷いた。

「言っておくが、ガイドだけだぞ。この部屋に泊まったって、絶対イドリスとセックスはしないからな」

優斗は拳を握りしめ、固い決意でイドリスに言う。

「ロイヤルスイートに寝室は二つあるから、優斗は向こうの寝室を使ってくれ。私の寝室の鍵《かぎ》は開けておくから、いつ来てもいいぞ」

イドリスは優斗の言葉を平然と無視して、部屋のカードキーのひとつを渡した。

「絶対行かないから、安心しろっ」

それを受け取りながら、優斗は眉間に皺を寄せて断わる。

「二週間よろしくと言いたいところだけど、着の身着のままで替えの服もない。一度家に帰らせてもらう」

反対される覚悟で、優斗は身がまえてイドリスに言う。

「かまわない」

イドリスは、あっさりと承諾した。

「そう…。じゃ帰らせてもらう」

やや拍子抜けな気分で、優斗は返事をする。

「もちろん私たちも、一緒に優斗の家までついていく」

イドリスはマリーンの肩に手を載せると、にっこりと笑った。


ホテルからタクシーに乗って、優斗は自分のアパートの前まで帰ってきた。

もちろん、イドリスとマリーンの二人も一緒である。

繁華街の街中でも民族衣装の二人は目立つが、静かな住宅街では浮きまくっていた。

だが二人はそんなことを気にも留めず、もの珍しそうに周りをきょろきょろと眺めている。

「これが日本の家なのか？　ずいぶん小さいな」

イドリスは腰に手を当てて、優斗の住むアパートを見上げた。

「ドアがたくさんあって、今まで見たこともない家ですね」

マリーンも興味深げに、あちこちを覗いている。

「これは単身者の集合住宅だ」

そんな二人を無視して優斗は自分の部屋の前まで行き、鍵を差しこむ。

「ひとりで住むんですか？　家族や親類と一緒に住まないんですか？」

マリーンは優斗の側まで走り寄って聞く。

「ドアひとつにひとり、住んでいる」

答えながら、優斗はドアを開けた。

「ここは、本当に家なのか？」

イドリスは優斗の後ろに立って部屋の中を見て、驚いて聞く。

「山岳部の村の家より狭い」

マリーンは中を覗きこんで驚いて言う。

「はい、近所迷惑だから玄関先で騒がない。靴を脱いで中に入って」

優斗は急いで二人を家の中に押しこむと、ドアをぴたりと閉めた。

「ワンルーム、キッチン、バス付き、クローゼットとロフト付きだ」

狭い部屋に男三人が入ると、かなりむさくるしいがしかたない。

「イドリス様、こんな狭い部屋なのにテレビがあります。ビデオとエアコンと電話とパソコンも」

マリーンは目を丸くして、部屋の中を歩き回る。

「テレビなんて、どこの家にもあるけど」

なぜそんなことで驚くのかわからず、優斗は首を傾げた。

「さすが、日本は電化製品の輸出国だ。電化製品だらけだ」

イドリスはキッチンの冷蔵庫を開けたり、電子レンジの中を覗きこんだりして感心する。

「まあ、そうだけど…」

言われてみるともっともなことだが、普段から電化製品に囲まれているので、日本人はあまり意識していない。

「俺、支度するから。適当に座ってろよ」

優斗はマリーンに、テレビのリモコンを手渡す。

「はい」

マリーンは、嬉しそうに返事をした。

「う〜ん、二週間分って案外多いな。イドリス、洗濯はできるのか？」

二週間分の着替えと単純に考えていたが、大型スーツケースが必要な量で、優斗はイドリスに聞く。

「ホテルのクリーニングに出せばいい。なにか必要なものがあれば、買えばいい」

イドリスは、作りつけのクローゼットの中を覗きこみながら言う。

「そうか、そうだな」

二週間という長さに惑わされていたが、日本国内で言葉に不自由することはない。足りなければ買えばいいのだと優斗は気がついた。

優斗が荷物をまとめ終えても、イドリスとマリーンの二人は興味津々で部屋の中を見物しまくっている。

「そろそろお昼だけど、ファミレスにでも行くか」

優斗は、家の中を散策し、すべてに驚いている二人に提案した。

一応王子様のイドリスにファミレスはどうかとも思うが、近くにしゃれたレストランなどない。

「私は、コンビニというストアーに行ってみたい」

イドリスの目がキラリと光った。

「コンビニで弁当でも買うのか？　行きたいって言うならいいけど」

そんなこんなで、ガイド一日目の仕事は、優斗の部屋の見学会とコンビニのはしごで終わってしまった。

イドリスとのエッチのおかげで身体がきつかったので、あまり動かないですんだのはありがたかったが、コンビニのおにぎりや、お弁当を温めるぐらいでいちいち大騒ぎするのは勘弁して欲しい。

イドリスの国と日本では、生活様式が相当違っていて、これから先のことが思いやられる。

寝室に鍵をかけたおかげで、イドリスの夜襲に遭うこともなく快適な目覚めを迎えた優斗は、顔を洗って着替えるとリビングに行った。

ホテルの最上階から見る朝の東京の景色はとても清々《すがすが》しい。

このホテルのスイートは百平米を超える広さで、二つのベッドルームにはそれぞれバスルームがついている。

二つの部屋はリビングと会議室、ミニカウンターバーを挟んで独立していた。

チャイムが鳴ったのでドアを開けると、そこにはマリーンがいた。

「おはようございます。イドリス様はお目覚めですか？」

マリーンは硬い表情で優斗に挨拶をする。

「さあ…昨夜から見てないんで、まだ起きてないんじゃないか。それより、俺腹が減ったんだけど」

優斗はそう返事をすると、グーグーと鳴るお腹を押さえた。

「そうですか。では朝食のルームサービスを頼みます」

マリーンはホッとしたような表情で言うと、リビングの電話の受話器を取った。

「もう起きたのか優斗。ああ、マリーンも来てたか」

寝室から、パジャマ姿で髪の毛がくしゃくしゃなイドリスが、あくびをしながら出てくる。

「おはよう。パジャマも着るんだ？」

民族衣装姿しか見ていなかったので、パジャマ姿がすごく新鮮だと優斗は思う。

「朝食のルームサービスがまいりますので、お着替えください。お手伝いいたします」

マリーンは、イドリスの背中を押して寝室に行った。

「飯が来たら俺が出ておくから、ゆっくり着替えてきていいぞーっ」

さすが王子だけあって、着替えも使用人に手伝ってもらうようである。

手がかかって大変だ。

イドリスが着替え終わる前にルームサービスがやってきたので、優斗は会議室のテーブルにセットしてもらった。

冷めてしまうのももったいないので先に食べていると、着替えたイドリスとマリーンが会議室に入ってきた。

「お先に」

優斗はかじりかけのトーストを、軽く目のところまで上げる。

朝にふさわしい爽《さわ》やかな音楽の流れるホテルの広い部屋で、民族衣装姿の異国人と朝ご飯を食べているなんて妙な気持ちだ。

まさかこんなことになるとは、英貴の結婚式当日は考えてもいなかった。

朝食が済むと、リビングに戻って食後のコーヒーを飲みながらくつろぐ。

「それで、今日はどこを観光したいんだ？」

大型液晶テレビで今日の天気をチェックしながら、優斗はイドリスに聞く。

「浅草《あさくさ》！　仲見世《なかみせ》、天ぷらっ」

イドリスは目を輝かせると、拳を握りしめて主張した。

「ベタだ！　ベタすぎる外人の観光名所だけど、しかたがないか」

優斗はうんざりとした気分で、ソファに身体を沈める。

「今日の費用として、これだけ渡しておく」

イドリスはセーフティーボックスの中から帯封がされたままの百万円の束を取り出し、優斗の前に差し出した。

「なっ、なんじゃこりゃあ！」

帯封のついたお金なんて、優斗は今まで持ったことがない。

「これだけじゃ、足りないか？」

イドリスはきょとんとして優斗を見ると、お札の束をもうひとつ取り出した。

「待てっ！　それは今すぐしまってくれ！」

日本の貨幣価値が飲みこめていないのか、金銭感覚がものすごく違うのか、まだ不明だが、大金を持ち歩くのは危険なので優斗はイドリスに必死で頼みこむ。

「足りなくなったら言ってくれ」

イドリスは首を傾げながら、出したお金をセーフティーボックスに戻した。

「じゃあ、まず浅草に行って浅草寺《せんそうじ》でお参りして、仲見世を覗いて、天ぷらを食べて、水上バスでお台場《だいば》に行くってのはどうだろう。新橋《しんばし》に出て、ゆりかもめに乗ってレインボーブリッジを渡ってもいいけど」

優斗は、日本語のガイドブックを見ながら提案する。

「水上バス、お台場、ゆりかもめ、レインボーブリッジってなんだ?」

イドリスは、アラビア語のガイドブックを捜しながら優斗に聞く。

「水上バスは川を運行する船で、川の途中に乗り場があって乗り降りできるんだ。お台場は、テレビ局とかショッピングセンターとか観覧車とかテーマパークとかある地域で、ゆりかもめはモノレールみたいなもの。レインボーブリッジはお台場に渡る橋だ」

日本人にとってはおなじみのものばかりだが、外国人には通用しないらしい。

実物を見てもらえばすぐわかるだろうが、それを言葉だけで説明するのは結構面倒だ。

「少し休んで用意が整ったら、地下鉄で浅草まで行こう」

優斗は言う。

「地下鉄って。タクシーじゃないんですか?」

マリーンは驚いて、優斗に聞く。

「東京都心は交通渋滞が激しくて、タクシーで行くと時間がかかる。東京は地下鉄や地上の電車の路線が多くて、ダイヤも世界一正確だ。第一、環境にも優しいだろ」

優斗は、マリーンに説明した。

「でも、地下鉄に乗ってイドリス様になにかあったら大変です。僕は、タクシーでの移動がいいと思いますけど」

マリーンは、眉根を寄せて言う。

「そうか、イドリスは王子だったな」

あまりにも呑気《のんき》でフレンドリーなのですっかり忘れていたが、イドリスは王子だった。

「まあ堅いことを言わないでいいじゃないか。せっかく日本に来たんだから、私はいろいろな乗り物に乗りたい」

イドリスは、頑《かたく》なに拒否するマリーンをいさめる。

「でも…、万が一のことがあったらどうするんですか？　イドリス様は王子という自覚がなさすぎます」

マリーンは、イドリスに詰め寄った。

「大丈夫。マリーンは心配性だな。日本はこんなに平和なのに」

イドリスは呑気に言うと、コーヒーのお代わりをする。

「なにが起きるかわかりません。僕ひとりで、イドリス様をお守りできるのか…」

眉間の皺を深くして、マリーンはイドリスの服を摑んだ。

「そんなに過敏になるほど、日本は危険じゃないから安心しろ。それにいざとなったら、俺もイドリスを守るから。小さいのに、マリーンは主人思いだな」

優斗は目を細めて、一生懸命なマリーンの頭を撫でる。

「大丈夫です。あなたの世話にならなくても、僕がイドリス様をお守りします」

マリーンは優斗の手を振り払うと、プイッと横を向く。

「優斗が、私を守ってくれるんだなっ」

イドリスは目をキラキラと輝かせて、両手を広げる。

「いざという時だけ！　あんたより、マリーンのほうがよっぽどしっかりしてるんじゃねーか」

優斗は、抱きつこうとしたイドリスの額を指で弾いた。

「いたたっ」

イドリスは、額を押さえてうずくまる。

「なんか…大丈夫なんだろうか」

安請け合いをしたものの、多少不安になる優斗だった。


浅草には地下鉄に乗って、なにごともなく到着した。

東京の人は、異国の人がいてもぶしつけにじろじろ見ることはなく、無関心なふりを装う。

初めて地下鉄に乗る二人のほうが興奮して、周りの人たちをじろじろと見ていたくらいだ。

子供を叱《しか》るのと同じ要領で電車内のマナーを伝え、優斗は大きな吐息をつく。

次第に、遠足の小学生を引率する先生のような気持ちになってきた。

イドリスの国には、地下鉄は走っていないらしい。東京は、地下を有効活用しなければ交通が成り立たない人口密集地ということである。

地上に出ると優斗はイドリスとマリーンを連れて、雷門《かみなりもん》の前まで行く。

さすがに観光地だけあって、雷門の前は観光客で混雑していた。

外国人観光客も多くいるが、民族衣装にターバン姿の二人はかなり目立つようでじろじろ見られている。

「あれが有名な雷門のちょうちんで、台風が来た時はたたまれます。そして左右にある彫刻が風神雷神です」

優斗は簡単な説明をした。

「すごい。ガイドブックに載っているのと同じだ。こんなに大きいのか」

イドリスは感心しながら、ガイドブックと実物を見比べる。

「記念写真を撮るから、そこに二人で並んで」

優斗はポケットからデジタルカメラを取り出して、二人に言う。

「えっ？　マリーンこっちに」

イドリスはマリーンの腕を摑むと、優斗の指定した位置に立つ。

「はい、笑って、笑って」

優斗はスリーポーズ撮ると、それをイドリスとマリーンに見せる。

「こんな薄いのにすごく綺麗に撮れてる。やはり日本製のカメラはすごい」

イドリスは目を丸くして、画面に見入った。

「手ぶれ補正つきだから、だれにでも綺麗に撮れる。その辺にいるお爺《じい》ちゃんお婆《ばあ》ちゃんでも持ってるレベルだし、そんなたいしたカメラじゃない」

二人の驚きようを不思議に思いながら、優斗は答える。

「一般市民が、そんなに高価なものを？」

イドリスは周りを見回して、目を見張った。

「高価って、三万九千八百円ぐらいだし、そんな高いものじゃないだろ。日本じゃ小型デジタルカメラはわりと普及してるけど」

費用だと言って百万円をポンと手渡した人が、デジタルカメラを高価というのが優斗にはよくわからない。

「生産国だからなのか…。優斗の家も電化製品だらけだったしな」

イドリスはしばらくの間、優斗のカメラを眺めていたが、納得して頷いた。

「後で印刷してやるよ。じゃ浅草寺にお参りに行こう」

優斗は、イドリスを促す。

仲見世通りは、観光客でにぎわっていた。

エキゾチックな日本がぎゅっと押しつまっているような通りで、外国人が多いのも頷ける。

定番の雷おこし、人形焼、せんべいの実演販売、あげまんじゅう、外国人相手のいかにも日本をアピールした浮世絵柄の浴衣《ゆかた》や舞妓《まいこ》絵のプリントされたTシャツ、豆絞りの手ぬぐい、昔懐かしい玩具《おもちゃ》。かんざしや扇子、芝居に使う日本髪のかつらなども売られている。

今の日本人が普段見ないような商品が多数あるのも、この通りの特徴のようだ。

「すごいな。いろいろな店が並んでいる！」

イドリスは左右に並んでいる店をきょろきょろと落ち着きなく眺め、蛇行しながら歩く。

「あれは侍の着物だな。あっ、刀もある！　あの食べ物はなんだ？　なんだか香ばしい匂《にお》いがしてきた」

店先を覗きこんでは優斗の袖を引っ張って、イドリスは聞く。

「イドリスは、いつもああなのか？　小学生の初めての遠足みたいなんだが」

あまりのはしゃぎぶりに呆れて、優斗はマリーンに耳打ちする。

「いいえ違います、イドリス様は普段はご立派な方です。ただ、お忍びでのご旅行は初めてなので、興奮していらっしゃるのです」

マリーンはつんとして答えた。

「お忍び…か」

優斗は、吹き出しそうになる。

ああもうるさく騒ぎ立てていると、お忍びという言葉とまったく合わない。

「イドリス様は王子なのですから、優斗さんもしっかり警護してください」

マリーンは、優斗を睨みつけた。

「そうだったな」

王子の気品とか落ち着きは、今のイドリスからはまったく感じられない。

「先にお参りしてから、後でゆっくり店を覗けばいいから…」

しかたないと思って優斗が振り返った時には、すでにイドリスの姿は目の前になかった。

「あっ、あれっ、イドリスは？」

一瞬目を離した隙に、すぐ側にいたはずのイドリスの姿が忽然《こつぜん》と消えていた。

「えっ、イドリス様。どこに」

マリーンは慌てて走り出そうとする。

「待てっ！」

優斗はマリーンの手を摑んで、引き止める。

「なんで止めるんですか？」

マリーンはむっとして、優斗の手を振り払った。

「落ち着け。このまま別々に捜しに行ったら、イドリスを見つけられても合流するのが大変だ。俺はここから観音様の前までを捜す。マリーンは雷門の前までを捜してくれ。マリーンが、イドリスを見つけたら雷門のちょうちんの下で待っていてくれ。見つけられなくても十五分後に集合だ。わかったか？」

優斗は、マリーンにゆっくりと説明する。

「わかりました」

マリーンは大きく頷くと、きびすを返して人ごみの中に消えた。

「まったく。どこに行ったんだ、バカ王子めっ！」

文句を言いながらも、優斗はすぐに見つかるだろうと楽観視していた。

外国人が多いとはいえ、ロングワンピース型の民族衣装にターバンをしていて、背の高いイドリスはとても目立つ。

仲見世の中のどこかに入りこんでいるのだろうと、捜し回ること十五分、イドリスは見つからなかった。

それでも、後ろを振り返った時はすでにいなかったので、マリーンが捜した方向にいるだろうと、優斗は気楽に考えて雷門のちょうちんまで戻る。

だが、その下ではマリーンが心配そうにそわそわしながら待っていた。

「見つからなかったのか？」

どうやら簡単に考えすぎていたようだと、優斗は唇を噛みしめる。

「優斗さんのせいです。きっとイドリス様は、悪い人に誘拐されたんです！　どうしてくれるんですかっ」

マリーンは泣きそうになって、優斗の胸を拳で叩く。

「まっ、待て！　そんなことない。もう一度二人でよく捜そう」

優斗はマリーンを落ち着かせて、今歩いてきた道を戻り、丁寧に一軒一軒、店の中を捜す。

昼が近くなりだんだんと観光客の数が増えてきて、優斗は次第に焦りを感じていた。

目立つ姿をしているのになんで見つからないのか、本当に誘拐されてしまったのかもしれないと、不安が募る。

だがそれを、自分よりはるかに若く異国で不安になっているマリーンに気どらせないように、優斗は気丈に振る舞った。

「もう、イドリス様は拉致《らち》されてどこかに監禁されているんだ。僕がついていながらこんなことになるなんて…」

マリーンは立ち止まり、しょんぼりと俯《うつむ》く。

「まだ見てない店があるだろう。そうやって決めつけるなっ。すぐにあきらめたらいけない」

優斗はマリーンを叱咤《しった》して、なんとかイドリスを見つけなければとあちこち店の中を捜したが、とうとう見つけることはできず、浅草寺の本堂の前まで来てしまった。

「そういえば、イドリスは携帯電話を持っていたな…」

優斗は、ふと思い出した。

いまいましいことに携帯電話で情事の後の写真を撮られ、画像を見せつけられガイドになることを強要されたのである。

「あっ、はいっ」

マリーンはコックリと頷いた。

「イドリスが持ってるのは、海外でも使える国際携帯なのかな？　とりあえずかけてみるか。マリーン、電話番号わかるか」

赤外線で電話番号を交換しておけばよかったと後悔しながら、優斗は携帯電話を取り出した。

「はい、わかります」

マリーンは、イドリスの携帯電話の番号を優斗に告げた。

「…、と」

言われた通りの番号を押して待ってみると、呼び出し音が鳴っている。

「おっ、大丈夫そうだ…」

優斗は、マリーンを見てにっこりと笑う。

なかなか出ないなと思っていると、聞き慣れない奇妙な音階の音楽を鳴らしながら、派手な着物姿の大柄な男性が近づいてきた。

「遅かったな。二人ともなにをしていたんだ！」

片手に携帯電話を持って片手に大きな紙袋を下げた、浮世絵模様の着物姿のイドリスが、ぽかんと口を開けている二人に向かって言う。

「いっ、イドリス！　なんだそのカッコウは」

思わず、優斗は大声を上げた。

派手な着物姿の外人がいるのは目に入っていたが、まさかそれがイドリスだとは思わなかった。民族衣装姿の男性を捜していたので、それが盲点になっていたのである。

「これを買ったら、店の主人が着せてくれたんだ。カッコイイだろう」

イドリスは自慢気に胸を張った。

「よかった〜っ。イドリス様、あちこちの店をものすごく捜したんですよーっ。それなのに全然見当たらないし、誘拐されたかと思いました」

マリーンは、涙ぐんでイドリスに抱きつく。

「ああっ、悪かった。店の奥で着せてもらってたから、わからなかったんだな」

イドリスは、よしよしとマリーンの頭を撫でた。

「まあ、無事でなにより」

誘拐されることもなく再び会えてよかったと、ほっと胸を撫で下ろしながら優斗はイドリスに手を差しのべる。

「優斗も心配してくれたんだな、嬉しいぞっ」

イドリスはマリーンから手を放すと、優斗の手を摑んで引き寄せ、ぎゅっと抱きしめた。

「うっ、うわっ！　馴《な》れ馴れしいっ、日本じゃこういう挨拶はしねーのっ！」

ぎょっとして、優斗は思いきり飛び退く。

いきなりの抱擁に、心臓がバクバクして顔が赤くなる。

「とっ、とにかくさっさとお参りに行こう。その前に、そこの線香の煙を頭にかけるんだっ」

顔が赤くなったのをイドリスに知られたくないので、優斗は線香の煙がもうもうとたちこめている屋根つき大香炉に頭を突っこんで、両手で煙をかけた。

「こうか？」

優斗のまねをして、イドリスも頭を突っこんで懸命にかける。

「そうそう。そういうしきたりなんだ」

優斗は素早く身体を引いて、イドリスが煙を頭にかけている間、『バカが治りますように』とつぶやいた。

「マリーンは、ターバンに火がつくから、そんなに中にいれなくていいよ。この煙を悪いところにかけて、治りますようにって祈るんだ」

優斗は煙を手で寄せる。

「じゃあ、背が伸びますように」

マリーンは、身体に線香の煙をかけた。

「優斗、あれはなんだ？　奇妙な形のものだな」

境内に並んでいる出店に興味津々で、イドリスは優斗とマリーンの側を離れてうろうろとする。

「イドリス様、だめです。また迷子になりますよ」

マリーンは慌ててイドリスの側まで行くと、帯を摑んで引っ張る。

「でも面白そうじゃないか。あれはなんだ、あの四角いのは…」

目に入ったものすべてが珍しくて、イドリスは次から次へと移動をした。

「イドリス、手を出して」

三歳児並みの落ち着きのなさだと思いつつ、優斗はポンポンとイドリスの肩を叩く。

「手ぇ？」

イドリスは名残惜しげに振り返ると、首を傾げながら手を優斗の前に差し出す。

「よし、行くぞっ！　マリーン、イドリスの背中を押して」

優斗はぎゅっとイドリスの手を握りしめると、思いきり引っ張った。

「はいっ！」

マリーンは後ろから、イドリスの帯に手を置いて押す。

「えっ！」

イドリスは驚きながらも、その誘導に従った。

「まったく、あちこち目移りしてうろうろしてるんだから。これで、絶対に迷子にならないだろう」

優斗は、照れを隠すためにわざと冷たく言い放つ。

こうやって人と手を繋《つな》ぐなんて、何年ぶりだろう。気恥ずかしいが、イドリスに迷子になられるよりましだ。

「本当は、私と手を繋ぎたかったんだな」

イドリスは、ぎゅっと優斗の手を握り返す。

「勘違いするなっ」

そうはいっても、どこに行ってしまうかわからない風船のような存在なので、手を放すことはできなかった。

階段を上り、本堂の中に入る。中は昼間でも、ひんやりとした空気に包まれていた。

ずっと手を繋いでいると、体温が手のひらから伝わってきてドキドキする。

「すごいなーっ」

本堂の天井の高さに驚いて、イドリスは上をきょろきょろと見回した。

「お参りをしてみるかい。日本では願い事をかなえたい時、おさい銭をあげて拝むんだ」

優斗は二人に聞く。

「我々イスラームは、絶対神にしかお祈りはできない」

イドリスは断わった。

「そうか…。じゃあ、俺がやるのを見てるといい」

優斗はイドリスから手を離し、おさい銭を入れてお参りをする。

宗教の問題はいろいろと面倒なので、優斗はさらりと受け流した。

世界の国々は、だいたいが単一の宗教を信じている。

日本人はお正月は神社に参り、結婚式はチャペルで行い、お葬式は仏式で、さらにクリスマスを祝うという、宗教にこだわりのない国民性である。それゆえ、押しつけや干渉や宗教的差別は少ない。

「なにをお願いしたんだ?」

イドリスは優斗に聞く。

「イドリスが迷子になりませんようにって、お願いしておいた。今、あっちの売店に行こうとしてただろう」

優斗はがっしりとイドリスの手を摑むと、ぐっと睨みつけた。

「うっ…、なにが置いてあるのか気になったんだ。見てもいいか?」

イドリスは未練あり気に、お堂の端の売店を見る。

「だめだ。予約していた天ぷら屋に行く時間だ。昼食が終わったら、買い物の時間を作るからそれまでおとなしくしていろ!」

優斗は、未練たらたらなイドリスの手を強引に引っ張ると、天ぷら屋へと急いだ。

外国人に好まれるものなのか、天ぷらはおおむね好評で、優斗はホッと胸を撫で下ろす。

昼食後の買い物タイム前に、優斗は自分の携帯電話にイドリスの電話番号とメールアドレスを登録する。幸い海外でも使用できる同じ機種だった。

イドリスの携帯電話に赤外線通信で自分のアドレスを送信して、ついでにGPS機能もONにして、お互いのいる場所を確認できるように設定した。

「よしっと」

優斗は頷く。

仲見世通りは午後になってますます混雑具合がひどくなり、そんな場所にイドリスを連れていくのは、リードなしの子犬を野原に放つようなものである。

「行ってよし！」

リード代わりの携帯電話を持たせると、イドリスの背中を叩く。

イドリスは、天ぷら屋から飛び出していった。

「待ってください、イドリス様！　優斗さん、ついていかなくて大丈夫なんですか？」

マリーンは慌てて席から立ち上がる。

「いざとなったら、呼び出せばいい」

優斗は、のんびりとお茶を飲みながら答えた。

「早くイドリス様に追いついて、荷物をお持ちしないと」

マリーンは小走りで、店から出る。

「本当に、仕事熱心なんだな」

優斗は小さく肩を竦めた。


イドリスの買い物タイムは軽く二時間を超え、優斗は大量の荷物を宅配便でホテルに送った。日本に宅配便があってよかった、と思う瞬間である。

イドリスはおみやげ用の着物から、元の民族衣装姿に戻っていた。

「お台場行きの、水上バスに乗るぞ」

優斗は二人を引き連れて、隅田川《すみだがわ》の水上バスに乗りこんだ。

浅草から日の出桟橋経由のお台場行きは、半二階建てで後ろはオープンデッキになっている。天井は光がよく入るように設計されていて、窓も広いので隅田川の景色がよく見えた。

今は、暑くも寒くもない季節なので、水上を散策するいい時期だ。

「すごい」

船が動き出すと、イドリスは身体を乗り出して周りを見る。

「桜の季節だと両岸がピンクに染まって綺麗なんだけど、残念だな」

相変わらず元気なイドリスを横目で見て、優斗は言う。

マリーンはさすがに疲れたのか、水上バスの揺れにまかせて頭を上下させていた。

「そんなことはない。緑もとても綺麗だ。あそこにあるのはなんだ」

目をきらりと輝かせて、イドリスが聞く。

「松尾芭蕉《まつおばしょう》という俳句の名人の銅像で、時間で台座が回るようだ…」

優斗が水上バスのパンフレットを見つつ説明していると、それにかぶってアナウンスが入る。

「あっ…、同じことを言っている」

イドリスが思わず笑う。

「アナウンスを聞いたほうがいいみたいだな」

優斗は頷いた。

水上バスは、午後の日差しを浴びながらのんびりと進む。

川沿いの歩道には、ジョギングをしたり犬を散歩させたり、ベンチに座ってひなたぼっこをしたりといろいろな人がいる。

いくつもの橋の下を通り過ぎるが、そのどれひとつとして同じものはない。

川幅が広がると高層住宅群が見えてきて、急に景色が変わる。

浜離宮で客を乗降させ隅田川から湾内に出て、水上バスは日の出桟橋に行く。

「うっ、うわっ！」

湾内なので安心していたが、思いのほか水上バスは揺れ、座っていても身体が大きく左右に揺れて座席から放り出されそうだ。

「大丈夫か？」

イドリスは、優斗の肩に腕を回すと引き寄せる。

「えっ、あっ。ありがとう」

優斗はぎょっとして、イドリスを見上げた。

逆光で見るからなのか、イドリスがやけにキラキラと輝いて見える。

布越しなのに、イドリスに触れている場所がやけに熱く感じられるのはなぜだろう。

熱がじわじわと広がっていくと、なぜかこの間のことを思い出して妙な気持ちになってきた。

「もう、大丈夫だ」

優斗はイドリスに言い、やんわりと押し戻す。

水が怖いわけではないが、川の上を走っていた時と違い湾内は陸地が遠いので不安を覚える。

優斗の顔から、だんだんと血の気が引いていく。

レインボーブリッジもお台場のテレビ局の建物も、二重三重にぶれて見えた。

「しっ、死にそう…」

吐き気がこみ上げてきて、優斗は口を押さえて思わずイドリスに寄りかかる。

「大丈夫か？　マリーン、酔い止めの薬を出してくれ」

イドリスは、寝ているマリーンを起こして薬を用意させると、ペットボトルの水を飲ませてかいがいしく優斗の世話を焼く。

「うっ…」

薬を飲むと優斗はイドリスに寄りかかって、目をつむった。

波のリズムと一緒に、身体が大きく揺れているのがわかる。ふわりと浮いて、ぐっと沈むと頭の芯がくらくらしてめまいがした。

しばらくすると、水上バスはお台場に到着する。

「大丈夫か？」

イドリスは優斗を覗きこんで、心配気に聞く。

「平気だ」

なんとか立ち上がったが、歩こうとするとめまいがして、優斗はその場に座りこみそうになった。

身体がふわりと浮き、気がつくとイドリスにお姫様抱っこをされていて、優斗は驚いて声を上げる。

「なっ、なにをするんだ！」

イドリスの胸を押してその腕から飛び降りると、恥ずかしさに俯きながら、逃げるように船から出た。

人前で抱き上げるなんてどうかしてる、と優斗は思う。

怒りと船に酔った気持ち悪さで、栈橋を渡って、二、三歩歩いた時に激しいめまいに襲われた。

頭と一緒に身体もぐらぐらと揺れ、倒れそうになって優斗は必死で手すりに手を伸ばす。

だが、伸ばした手は鎖の手すりをするりとすり抜けて、優斗は前のめりに倒れた。

「あっ、危ない！」

イドリスの声が、ぼんやりと聞こえる。

一瞬意識が遠のいて、目の前が真っ白になった。

ぼやぼやと遠くで音が聞こえ、天地も左右もわからなくなる。

気がつくと、優斗は栈橋から落ちて海の中にいた。

身体が冷たい水の中にずぶずぶと沈みこみ、優斗は慌てて腕を動かし水をかいて足をばたつかせる。

いつもならなんでもない動作なのに、服を着ているので上手くできない。

服に海水が染みて重くなり、思うように動けない。まるで、目に見えない無数の手に掴まれて海の底に引きずりこまれるようだ。

手足をばたつかせているうちに、息が苦しくなってきて優斗は焦った。

人間の身体は海水に浮くはずなのに、焦れば焦るほどどんどんと沈みこんでいく。

「ごふっ…ぐうっ…」

いくら頑張っても身体が浮くことはなく、ふっと意識が遠のきかける。

もうだめかと思った時に、身体が浮いた。

はっとして見ると、イドリスが優斗の身体を引き上げている。

アッシュの髪が水の動きに合わせてゆらゆらと揺らめき、水面から入る太陽の光でグリーンの瞳が光り、とても幻想的で綺麗だった。

イドリスの力強い腕に引っ張られてぐっと身体が持ち上がり、急に海面に顔が出る。

「あっ、げぼっ、げほっ」

水を吐いて、優斗は慌てて大きく息を吸う。

「摑まって」

立ち泳ぎをしながら片手で優斗を支え、もう片方の手で救命用の浮環《うきわ》を引き寄せてイドリスは言う。

「うっ、うん」

優斗はその浮環に摑まった。

両腕を完全に浮環にかけると、身体がふわりと浮かび上がる。

今まであんなに重かったのが嘘《うそ》のように軽くなり、足を軽く蹴っただけで身体が岸に進む。

「おーい、引っ張ってくれ！」

イドリスは、救命用の浮環についた紐《ひも》を摑んでいた人たちに合図を送る。

優斗の身体はみるみる岸に近づき、桟橋にいた人たちに引き上げられた。

「すっ、すみません」

岸に上げられると、助けてくれた人たちに優斗は頭を下げる。

「よかった」

周りの人々は、ホッとした様子で口々に言う。

「ありがとうございました、船に酔ってふらついてて…」

助かってホッとしたのと、気分が悪いのと、泳ぐには早い季節だったのとで身体が冷えて、優斗は寒くなってガタガタと震えていた。

「大丈夫ですか」

マリーンが毛布を優斗に着せかける。

「ありがとう」

毛布のおかげで身体も温まり、ようやく落ち着いてきて、優斗は周りを見回す余裕ができた。

「イドリスは？」

見回しても助けてくれたイドリスの姿が見えないので、心配して優斗はマリーンに聞く。

「大丈夫か？」

イドリスは、真後ろから優斗を覗きこんで聞く。

「うわっ、イドリス！　あっ、ありがとう」

急に目の前に逆さまのイドリスの顔が現れて、優斗は焦った。

顔が近くにありすぎて、まともに見返すことができない。

イドリスの緑の目に見つめられると、心臓の鼓動が速くなって息苦しかった。

「気分が悪かったんだろう。私に抱かれたままで降りればよかったのに、無理をするから」

イドリスは眉間に皺を寄せて、優斗を睨む。

「ごめんなさい」

優斗は、素直に謝った。

あの時は恥ずかしくて逃げ出したが、こんなことになるなら素直に抱かれたまま降りればよかったと後悔する。

「イドリス様、無茶をするのはやめてください。ご自分の立場がわかっていますか?」

マリーンは怒りながら、イドリスに毛布を渡す。

「泳ぎは得意だ」

イドリスはさらりと言うと、軽く肩を竦める。

「二人とも、そのままでは風邪《かぜ》をひいてしまう。事務所で、濡れた服を乾かしましょう」

水上バスの職員が二人に声をかける。

「すみません」

イドリスは優斗の腰に腕を回して立ち上がらせると、職員に頭を下げた。

「僕は、お二人の服を買ってきます」

マリーンは大きく息をついて言う。

「ショッピングモールが公園を抜けた場所にあるから、そこで買うといいですよ」

職員は、マリーンに教える。

「マリーン頼んだぞ」

イドリスは、マリーンに頼んだ。

「迷惑かけて、ごめん」

イドリスの手を借りて、優斗はふらふらとしながら事務所まで歩く。

「気分が悪いのか？　抱いていってやろう」

イドリスはかがんで、優斗の膝に手をかける。

「いっ、いいよ。ちょっと、くらくらするだけだから」

それを断わって、優斗はイドリスの背中にしがみついた。

船酔いはまだ治っていないようで、歩くと目の前がぐるぐる回る。

事務所までイドリスに連れていってもらい、海水で濡れた身体をお湯で拭《ふ》き、髪は軽く洗い流した。

しばらくするとマリーンが戻ってきて、買ってきてくれた服に着替える。

まだ気分が悪かった優斗は、事務所のソファに横になってぼんやりとしていた。

「気分はどうだ？」

イドリスは、冷えたタオルを優斗の額の上に載せて聞く。

「…、だいぶいい」

優斗はこっくりと頷いた。

さっきまでは身体が揺れていてまだ船に乗っているような感覚だったが、それもすっかり治まっている。

「そうか、よかった」

イドリスはホッとした表情を浮かべる。

「助けてくれてありがとう。こんなことになって、ごめんな」

優斗は額に載っているタオルを取ると、ゆっくりと起き上がってイドリスに謝った。

イドリスは危険も顧みず、海に飛びこんで溺れそうになっていた優斗を助けてくれたのである。

感謝してもしきれない恩があった。

「優斗が無事でよかった」

イドリスはにっこりと笑うと、じっと優斗を見た。

「俺を助けてくれた時のイドリスは、カッコよかった。惚れ…、じゃなくて見直した。変な人と思ってたから」

『惚れ直した』と言いそうになって、優斗は慌てて訂正する。

「ごめんな。観光するはずだったのに…。こんな場所で時間をとってしまって」

日本にいる時間はそう長くないのに、自分のせいで時間をとらせてしまって、すまないと優斗は謝る。

「日本の海で泳げて楽しかった」

イドリスは陽気に笑う。

「イドリス…、ごめん」

気持ちの優しい人なんだと思って、優斗はイドリスに頭を下げた。

そんなにじっと見つめられると、イドリスを妙に意識してしまう。

「謝ることはない」

イドリスは優斗の肩に手を置き、優しく微笑む。

「イドリス…」

その瞳に、優斗は引きこまれそうになる。

極限状態を経験した人は、一緒にそれを経験した人を好きになるということを優斗は思い出す。

優斗は、イドリスに対する自分の気持ちの変化に気づいていた。

イドリスを頼もしくて素敵だと思うこの気持ちが、もしかしたら恋なのかもしれない。

「どうぞ」

マリーンは二人の間にミネラルウォーターのペットボトルを割りこませて、優斗の頬にぴったたりと押し当てる。

「うっ、ありがとう。…マリーンは水上バスは平気だったのか」

冷たさにビクリと震え、優斗は礼を言って受け取る。

「ええ、山脈越えの民営バスの揺れは、あんなものじゃないですから」

マリーンは、しらっとして言う。

「そう…」

あれよりひどい揺れを想像して憂鬱《ゆうう》な気持ちになりながら、優斗はペットボトルのキャップを開ける。

まだ少しふらついているが、気持ち悪さと身体の揺れは治まっている。

「顔色がよくなった」

イドリスは優斗の顔を覗きこんで、じっと目を見つめる。

「…気分もよくなったし、そろそろ行こうか」

じっと見られているのが気恥ずかしくて、優斗は視線を外すと立ち上がった。

意識してどうするんだと思うが、イドリスのことが気になってしかたがない。

「まだ、休んでいたほうがいいんじゃないのか」

イドリスは、優斗を引き止める。

「ずっとここにいるのも迷惑だし、気分もよくなったから移動しよう」

優斗は言うと、イドリスの腕を摑んで促した。

水上バスの職員に礼を言って、優斗たちは事務所から出る。

「だいぶ日が傾いてきたな」

イドリスは外に出ると、額に手を当てて太陽を見た。

「ショッピングモールが近いから、そこに行こう」

優斗は二人に言うと、先に歩き出した。

事務所から出て公園を通り抜けると、ショッピングモールが見える。

地下駐車場に入る道路を越えた場所に、裏口があった。

大きな通りに面した正面と違い、殺風景な入口だ。

だが、一歩中に入ると、メンズやレディスファッション、バッグやシューズ、グッズ、アクセサリーなどの売り場、フードフロアが広がる。

広い敷地にはありとあらゆる種類のショップが揃っていて、買い物好きのイドリスはさぞ楽しいだろうと思ったが、どうやらあまり興味を示していないようだ。

「ショッピングモールは、気に入らないか？」

まっすぐに続く長い通路を歩きながら、優斗は聞く。

「中東やヨーロッパに行けば、こういうショッピングモールはたくさんある」

イドリスは左右を見ながら、つまらなそうに歩いた。

「そうか…」

どこにでもある画一的なショッピングモールではなく、日本情緒溢れる商店街を見たいのだと優斗は気がつく。

「隣のショッピングモールに昭和レトロの商店街があるけど、そこに行ってみるか…」

提案して横を見たが、すでにイドリスはそこにいなかった。

後ろを歩いていたはずのマリーンも、どこに行ったのか見当たらない。

イドリスが入りそうな店を捜さなくてはと思いながら数歩戻ると、マリーンのターバンが見えた。

「……、ここか？　マジで」

優斗は眉間に皺を寄せて、入口にディスプレイしてある赤いりぼんのついた猫のぬいぐるみをじっと見つめる。

さっきまで恋かもしれないと盛り上がっていた気持ちが、一気に冷めた。

「イドリス…」

嬉々《きき》としながらピンクの買い物籠《かご》にファンシーな商品を入れるイドリスの姿を、優斗は少し離れた場所から見て、そこはかとなくうすら寒い気持ちになる。

「マリーンも、こういうのが好きなのか？」

優斗は、真剣な眼差しでファンシーな文具を選んでいるマリーンに聞く。

「妹にあげようと思って…」

マリーンはハッとして優斗を見たが、ぷいっと横を向いて言う。

「そうか、妹さんに…。何人兄弟なんだ」

優斗はマリーンに聞く。

「妹が三人で、弟が二人」

マリーンはぶっきらぼうに答えると、慎重に買うものを選ぶ。

「マリーンは、いいお兄ちゃんなんだな」

優斗は温かな気持ちになり、次は男の子向けのキャラクターの店にマリーンを連れていこうと思った。

「イドリスも、親戚の子へのおみやげか？」

籠三個に商品が山盛りになっているのを見て、優斗は呆れながら聞く。

「いや、自分用に。このキャラクター、可愛くていいな」

大きなぬいぐるみを撫でながら、イドリスはうっとりとする。

「あっ、そう…」

優斗は、うつろな視線をイドリスに送った。

イドリスの部屋にキャラクターのぬいぐるみがたくさん飾られているのを想像すると、頭痛がする。

いまだ優斗には、イドリスという人物がよくわからない。

「このトースターが欲しい」

イドリスは、パンを焼くとキャラクターの顔が浮き出るトースターを恨めしそうに見る。

「電圧が違うから、家電は使えないだろう」

大の大人が、たかが子供用のトースターに未練タラタラなんて、おかしくなってしまう。

「そうだな」

イドリスは渋々あきらめた。

「イドリスは、いつもあんなに子供みたいなのか？」

優斗は思わずマリーンに聞く。

「イドリス様はいつもはもっと堂々としていて、ご立派な方です。今回はお付きも僕しかいないので、はめをはずされているんだと思います。小さい頃から勉強ばかりしていて、子供らしい遊びはしたことがないと言ってましたから」

マリーンはイドリスを庇《かば》うような口調で説明した。

「それでか」

子供の頃買えなかったものを大人になって買うというのはよくあることだと、優斗は納得する。

大人買いというのは懐かしむという感情が含まれているが、イドリスの場合、時間を取り戻したいという気持ちもあるのかもしれないと優斗は思う。

きらびやかな面ばかりを想像しがちだが、王子というのは案外大変な立場なのかもしれない。

「キャラクター商品が好きなら他にもいろいろあるけど、そっちにも行くか？」

優斗はイドリスに聞く。

「行く」

イドリスは目を輝かせて返事をした。

「本当に楽しそうだな」

テレビアニメのキャラクター商品を選んでいるイドリスを覗きこんで、優斗は言う。

「そりゃあ、楽しい！　ここには自由がある。どこにでも行けるし、好きなものを買うこともできるし、時間を制限されることもない」

イドリスは子供のように無邪気に笑うと、優斗にキャラクターの耳つきの帽子をかぶらせた。

「王子って、そんなに不自由な生活なのか？　優雅そうに思えるけど」

優斗は、それを脱いで元の場所に戻す。

「国にいると、外に出るにも周りはボディガードだらけ。外出時間も細かく決められているし、自由に買い物を楽しむこともできないし、ひとりで外にも出られない」

イドリスは、さらに違うキャラクターの帽子を優斗にかぶせた。

「それは、大変だな」

ひとりでふらりとコンビニにも行けないような生活なんて、優斗には考えられない。

「こっちのが似合うか？」

イドリスは優斗の頭から帽子を取って、さらに違うものをかぶせた。

「……」

自由がないことには同情はするが、この自分の遊ばれ具合には耐えがたいものがある。

「他になにか見たいとか、行きたい場所はあるか?」

優斗は、帽子をイドリスの頭の上に載せた。

「ガチャガチャをやってみたい。日本ではどこにでもあって、特にショッピングモールの隅や、道端にまとめてあるらしい」

イドリスは、優斗に身ぶり手ぶりを交えて説明した。

「ああ、そういえば、店の端とかによくあるな」

優斗は頷いて二人を店の端まで連れていく。

そこにはアニメのキャラクターから、恐竜、動物、模型、オリジナルキャラまでありとあらゆる種類のガチャガチャマシーンが揃っていた。

「すっ、素晴らしい!」

イドリスは感嘆の声を上げ、百円玉の束を数本取り出す。

「なんだ、それは?」

千円札を両替…ぐらいならわかるが、百円玉を束で持ってくるとは普通ではない。

「このために、銀行で両替してきた」

イドリスは百円玉の束を二つ折りにすると、嬉々としてガチャガチャマシーンにお金を投入し始めた。

「イドリスは、用意周到な性格なんだな?」

優斗は吐息をつきながらマリーンに聞く。

「はい。王子たるもの、そのように努めなければなりません」

マリーンは頷きながら、イドリスが買ったガチャガチャのプラスチックケースをはずし中身を出す。

「頑張れよ」

この主人にしてこの従者ありだなと思いつつ吐息混じりに言うと、優斗はマリーンの肩を叩く。

あの百円玉の束を消費するには時間がかかりそうなので、優斗は近くのベンチに腰をかけた。

イドリスと一緒にいると次々といろいろなことが起きて、英貴のことを考える暇もなくて、失恋の苦しさも辛さもあまり感じることはない。

時間をおいて冷静になって考えてみると、英貴への想いはいまさらどうにもならないと気がついた。

「もっと、いい恋人を見つけてやるっ!」

いつまでも失恋を引きずっていないで、新しい恋を見つけようと優斗は決心して大声で叫ぶ。

「優斗!」

自分を呼ぶ声が聞こえて振り向くと、イドリスが走ってくる。

「よかった～っ。姿が見えなくなったから、置いていかれたのかと思った」

イドリスはぎゅっと優斗に抱きつくと、泣きそうな顔で優斗を見た。

「えっ、あっ、ごめん…。近くに座ったつもりだったけど…」

悲しそうな顔をされて、優斗は思わず謝る。

イドリスの感情表現はいつもストレートで、自分にはない素直さに優斗は魅《ひ》かれていた。

「黙って行かないでくれ、お願いだ」

イドリスはせつなげに言うと、優斗の身体を抱く腕に力をこめる。

「うん…、うぅっ」

イドリスの顔がどんどん近づいてくるが、優斗は目をそらすことができない。

見ていられないぐらい至近距離まで近づいて、優斗は思わず瞼を閉じた。

「イドリス様、優斗さん、なにをしてるんですか！」

「うわっ！」

マリーンの声を聞いて、優斗はイドリスを突き飛ばす。

「目にゴミが入ったから取ってもらっただけだ」

優斗は慌ててイドリスを押し退けると、マリーンに必死で言い訳をする。

「優斗さんなんか、嫌いです」

マリーンはキッと優斗を睨みつけると、きびすを返し走り出した。

「あっ」

優斗はマリーンを追いかけると、腕を摑んで引き止める。

「もしかして、マリーンはイドリスを好きなのか？」

マリーンの態度が自分に対して素っ気なく冷たいのは、イドリスを好きだからだと気がついて、優斗は聞く。

「イドリス様は尊敬する主人ですから、当たり前です」

マリーンは頬を真っ赤にして、拳を握りしめた。

「そういう意味じゃなくて…、イドリスに恋…」

途中まで言ったところで、イドリスの姿が見えたので優斗は言葉を切る。

「どうしたんだ二人とも、いきなり走り出して」

イドリスは交互に二人を見て聞く。

「なんでもありません。イドリス様、まだ買いますよね。戻りましょう」

マリーンはイドリスと視線を合わせずに言うと、ガチャガチャの置いてある場所まで戻る。

「マリーンはどうしたんだ？」

イドリスは首を傾げて、優斗に聞く。

「……」

優斗は複雑な思いで、じっとマリーンの後ろ姿を見つめていた。

ライバルが現れて初めて、自分の心に気がつくなんてこともあるんだ、と東京タワーの展望台から夕日を眺めながら、優斗はぼんやりと思っていた。

英貴の時は、ライバルが出現したと思ったら、それが結婚相手という絶対にかなわない相手だったので勝負にすらならなかった、と思い出す。

展望台のあちこちで、恋人同士が肩を寄せ合い夕日を見ている。

太陽が沈みかけると空が赤から紫に変わり、そして完全に沈んでしまうと徐々に闇《やみ》が濃くなり、街の灯《あか》りが瞬き始めた。

日暮れから夜にかけて移りゆく東京の風景は、恋人たちの気分を十分に盛り上げてくれることだろう。

ここに来たいと言った本人は、東京タワーのレトロなみやげ物に夢中のようだ。

小さなライバルのマリーンは、手すりに頰杖《ほおづえ》をついて移りゆく景色に魅入っている。

どうしようと思って、優斗は深く息をつく。

最初はなんて奴だと思ったが、意外と子供っぽかったり、優しくてしっかりしていたりと、優斗はイドリスに好意を持ち始めていた。

海に誤って落ちてしまった時、自らの危険も顧みず助けてくれた彼に大きく心を動かされた。

英貴に未練を残していた優斗にとって、それが決定的な出来事だったと言っても過言ではない。

だが、恋心を抱いたところで、イドリスはもうすぐ国に帰ってしまう人なのだ。

それに、王子と一般庶民の大学生なんて、身分が違いすぎる。

身分違いの恋なんて、映画や小説の話で、自分の身に降りかかることはないと思っていた。

そのことをイドリスはどう思っているのだろうか。

イドリスのことだから、気にしていないかもしれない。

ちゃんと考えているのかさえ、わからなかった。

優斗のことを国に連れていくのか、いい思い出で終わってしまうのか、果たして自分のことを本当に好きなのか、考えはじめるとキリがない。

いきなりエッチから入ったので当然自分のことを好きだと思いこんでいたが、イドリスから「一目惚《ぼ》れ」としか言われていない。その思いは、今でも同じなのだろうか。

よくよく思い返してみると、あの日以来、イドリスは一度も優斗に手を出してこないのだ。

振り返ってじっとイドリスを見ていると、みやげ物の袋を抱えて彼がこちらに来る。

「優斗、これ綺麗《きれい》だろう」

イドリスは早速、包みを開けて、優斗に東京タワーのスノーボールを手渡した。

「イドリス、俺のことが好きか？」

東京タワーの模型にキラキラと輝くプラスチック片の雪が降る様は、懐かしいような悲しいような、そんな気分にさせられて、優斗は思わずイドリスに聞く。

「ああ、もちろん。優斗は私の『運命の人』だ」

イドリスは笑顔で答える。

「運命の人？」

自分に運命を感じてくれる人なんて、そうはいないだろう。

その魅力的な言葉に、優斗はうっとりとする。

「私は優斗を一目見て虜《とりこ》になった。君の周りだけキラキラ輝いていたんだ。このスノーボールのように」

イドリスは、優斗が持っているスノーボールを指さした。

「そう？」

東京タワーの展望台の雰囲気のせいなのか、そんな言葉がロマンチックに思えてしまうから不思議である。

「そして、どうしても優斗を私のものにしたくなった」

イドリスは、優斗の目を見つめて低い声で囁《ささや》く。

「じゃあなんで…、その、あれ以来…しないんだ」

優斗は俯《うつむ》くと、もごもごと歯切れの悪い調子でイドリスに聞く。

「どうしたんだ、いったい？」

イドリスは驚いてまじまじと優斗を見る。

「なっ、なんとなく気になって…」

優斗は顔を上げずにつぶやく。

「それは、部屋に帰ると優斗はすぐに寝室にこもって、鍵《かぎ》をかけてしまうから入れないし、昼間はマリーンがいるから、手を出しづらいだろ」

イドリスは、上から優斗を覗《のぞ》きこんだ。

「じゃあ、マリーンとはなんでもないんだな？」

顔を上げて、優斗は聞く。

「マリーンは従者で、恋人ではない。第一、まだ子供ではないか」

イドリスは喉《のど》の奥で笑うと、優斗を抱きしめた。

「わっ！」

持っていたスノーボールを落としそうなほど、優斗は驚く。

必死で周りを見回したが、どうやらみんな自分たちの世界に浸っていて、他人のことに興味はないようだ。

「やっと私に興味を持ってくれたようだが、英貴のことはもういいのか？」

優斗の頬を撫《な》でながら、イドリスは聞く。

「もういい…。英貴の結婚が決まった時に、一度はあきらめたんだ。あんなことを言われたから迷っただけで、本当はすでに終わったことだった。今は、なんだかイドリスのことが気になる…」

優斗はこっくりと頷《うなず》いた。

街の光が映りこんでキラキラと輝いているイドリスの目に、引きこまれそうだと優斗は思う。

「そうか、安心した」

イドリスは目を細めると、優斗に優しくキスをする。

「んっ…」

雰囲気に飲まれてしまったのか、優斗は周りのことなどなにも気にならなくなっていた。

求められるままに、イドリスのキスに応《こた》える。

キスに夢中で、優斗はマリーンが強張《こわば》った表情で見ていることすら気がつかなかった。

「優斗のことが好きだ」

唇をゆっくりと離すと、イドリスはにっこりと笑う。

「うん…」

優斗は頷くと、イドリスの胸に顔をうずめた。

スイートルームの自分の寝室に、優斗はイドリスを初めて迎え入れた。

同じスイートルームにいながら、優斗は鍵をかけてイドリスを絶対に、中に入れないようにしていたのである。

失恋して落ちこみ、さらに酔って理性のたがが緩んでいた時にイドリスにつけこまれてセックスをしてしまったので、用心していた。

「どうぞ…」

自分から寝室に誘うことなど、絶対にありえないと思っていたのに、いったいいつ心変わりをしてしまったのだろう。自分でもよくわからない。

雰囲気に流されてイドリスを呼んでしまったが、果たしてよかったのだろうか。

なんだか妙に心臓がドキドキして、イドリスの顔をまともに見ることができなかった。

「優斗、嬉《うれ》しいぞ」

イドリスは部屋の鍵を中から閉めると、優斗を抱きしめた。

「そう。俺もだ…」

優斗はおずおずと、イドリスの背中に腕を回す。

自分から意思表示をしたのは初めてで、そのこと自体が恥ずかしかった。

はにかみながら視線を上げると、イドリスが微笑《ほほえ》んでいる。

どうしていいのかわからず困っていると、イドリスの顔がゆっくりと近づいてきた。

「うんっ…」

唇を塞《ふさ》がれて、優斗は瞼《まぶた》を閉じる。

歯列を割ってイドリスの舌が入りこんできて、優斗の口腔《こうこう》をかき回す。

それに合わせるように、優斗は舌を絡め合わせる。

絡み合い吸い上げられて、湿った音が部屋の中に響きわたった。

飲みこみきれない唾液《だえき》が顎《あご》を伝って、床に落ちていく。

息がうまくできなくて、窒息寸前になりそうになった頃、唇がゆっくり離れた。

「ふうっ」

大きく息をついた途端、身体《からだ》がふわりと持ち上がり、次の瞬間にはベッドに沈みこむ。

「うわっ」

優斗が驚いている間に、イドリスは着ていた服を脱ぎ捨てた。

筋肉質の身体を目の当たりにして、優斗はドキリとする。

前は酔っていたし、いきなりのことだったので、あまりじっくり見ることもできなかったし、覚悟する暇もなかった。

あらためて見ると、なんだか気恥ずかしい。

「いいか?」

イドリスは優斗を覗きこんで聞く。

「うっ、うん…」

優斗は、コクリと頷く。

いまさら、なんでこんな恥ずかしいことを始めようと思ったのか、自分でもよくわからなかった。でも、こうなってしまったからには、もう後に引くことなどできない。

シャツをまくり上げられ、優斗の素肌にイドリスが直接触れてくる。

「あんっ！」

乳首をつままれて、思わず優斗は声を上げた。

自分の上げた声に驚いて、顔を真っ赤にして優斗は横を向く。

そこからじわりと快感が湧《わ》いて徐々に全身に広がっていき、優斗はぎゅっと膝《ひざ》を閉じた。

「耳まで真っ赤だ」

イドリスはクスリと笑うと、赤くなった優斗の耳朶《みみたぶ》に歯を立てる。

「んっ、ふぅっ…」

耳を噛《か》まれるとそこから甘い痺《しび》れが広がり、優斗は身悶《みもだ》えた。

イドリスに触れられると感じてしまうので、触れられるのが怖い。

自分の身体がどうなってしまうのか、とても不安だった。

「明日は、観光は休みだ。優斗の腰が立たなくなるまでしてやるから」

優斗の服を脱がせながら、イドリスは楽しげに笑う。

「なっ、なに言って…、あっ」

イドリスの唇が皮膚の上を滑っていく生々しい感触に、優斗は震える。

首筋から胸、さらに腹から下腹部へと、生温かい感触を残して唇が滑り下りた。

「はぁ…、はぁ…、は…っはぁ…」

生温かいものに包まれて、優斗の息はすぐに上がる。

しゃぶられて舌で舐《な》め上げられる。こんな攻撃に耐えられるはずがない。

「ちょ、そんな舐めるな…」

上がる息を必死で抑えて、優斗は言う。

「なぜだっ?」

イドリスは、視線だけを上げて聞く。

「だって…、うあっ!」

歯を立てられて、優斗はびくりと震えた。

「いいだろう」

イドリスはニヤリと笑うと、さらに優斗を攻め立てる。

「あぁっ、…はぁ、うぁ…っ…はぁ…いぃ」

舐められてこんな声を出している、自分のことが信じられない。

けれどイドリスに舐められると気持ちがよくて、優斗はもう自分ではどうすることもできなかった。

じわじわと身体を焼いている熱は、出口を求めて優斗の身体の中で大きな渦となる。

「はぁ…、はぁ、はぁ」

優斗の呼吸の間隔が短くなり、声が一段と高くなった。

「あぁっ！」

ドクリと音を立てて、優斗の身体の奥から熱いものが飛び出す。

「…。ふっ」

イドリスは唇を離すと、弛緩《しかん》した優斗の膝を開いて深く折り曲げさせた。

顔を覗きこみながら、そこに指を這《は》わせる。

「あっ…」

ぬるりとしたものが、そこに塗られた。

初めのうちは周りを擦《こす》るだけだったが、徐々に奥へと入ってくる。

「ううっ！」

指先が埋められ、優斗は声を出すまいと唇を噛みしめた。

「ああっ…、いたっ…、うっ…」

だが、耐えがたい違和感と痛みが身体を襲い、優斗は必死にイドリスの腕を摑《つか》んで訴える。

前はこんなに痛かっただろうかと考えるが、ふわふわとした頼りない記憶しかない。

「ううっ」

冷たい液体が身体の中にそそがれ、甘い香りが周囲に漂った。

以前使われたオイルとは違う控えめな香りだが、イドリスが指を動かすとグチュリと卑猥《ひわい》な音がする。

イドリスの指の動きがスムーズになり、痛みは軽減した。

「大丈夫。すぐによくなる」

優斗の目にたまった涙を舌で舐めて、イドリスは指を中で折り曲げる。

「あぁうっ！」

広げられる痛みの他に、ゾクリとした快感が生まれた。

「ここだろ…ちゃんと覚えてる」

唇を舌で舐めると、イドリスはさらに優斗を攻め立てた。

「やっ、ああっ、あっ」

イドリスにそこを擦られると、急激に身体の熱が上がる。

「はぁっ…、はあっ…、はぁ」

優斗の身体は徐々に緩み、イドリスの指を奥まで受け入れ、一本だった指を二本に増やされても、痛みは感じなくなっていた。

それどころか、擦られている粘膜から熱さが身体中に広がり、呼吸が荒く苦しくなる。

「日本製品はすごいな。ぬめり具合が違う」

イドリスは感心しながら手を開いて、優斗に糸を引く液体を見せた。

「あっ？」

その生々しさに、優斗は思わず視線をそらす。

いつの間にそんなものを購入したんだと思ったが、それを問いただす暇はない。

指の代わりに、ひたりと熱いものがそこに当たった。

「いいな」

イドリスは、目を細めて優斗に言う。

「あっ…」

優斗は息を飲んだ。

これからなんだと思った途端、身体に緊張が走る。

ぐぐっと身体を押して、イドリスのものが入ってきた。

「はぁ…、はぁ、はぁ」

苦しくて、息ができない。

身体が強張り、イドリスの腕を掴んだ手に無意識に力が入った。

「きつい…。前より、すごく…」

イドリスは眉根《まゆね》を寄せて、深く息をつく。

「うぅっ」

優斗の目から、涙が自然とこぼれ落ちた。

身体の中に、熱い鉄の楔《くさび》が打ちこまれたようである。

「力を抜いて」

イドリスは優斗の涙を指で拭《ぬぐ》いながら、耳元で優しく言う。

「うっ、んっ…」

返事をしてみたが、言われた通りに力を抜くのは難しかった。

優斗は浅く息を繰り返し、痛みをなんとかやり過ごす。

「こっちも…、触るか?」

イドリスは、萎《な》えている優斗のものを摑んで扱《しご》いた。

「あっ、あぁっ」

優斗はビクビクと反応する。

なくなることはなかったが、感覚がそこに集中して痛みが少しまぎれたような気がする。

「いくぞ」

優斗の緊張がほぐれた頃合いを見計らって、イドリスは腰をグラインドさせる。

「あっ…、ああっ…、あっ…」

優斗は、目を大きく見開いた。

イドリスのものが身体の中を擦って、優斗は大きく揺らされる。

突き動かされて、身体がシーツの上を滑った。

「んあっ、ああっ…、あっ…、ああっ…」

汗でしっとりと濡《ぬ》れた肌は薄赤く染まり、イドリスの手で弄《もてあそ》ばれている優斗のそれは赤黒く色を変えている。

「ひぁっ！」

乳首に歯を立てられて、優斗はビクッと震えた。

イドリスに与えられる刺激に、身体が無意識に反応する。

「優斗…、もっといい声を聞かせてくれ…」

うっとりとした表情で優斗を眺めると、イドリスは激しく動き始めた。

「あっ…、はあ、あっ…、あっ…」

引き抜かれ、突き入れられる感覚に、身体が慣れてきた。

そこだけに感覚が集中するようだ。

「はぁーっ、はーっ…」

熱い。とにかくすべてが熱い。熱い感覚が優斗を翻弄《ほんろう》する。

「すごいな…」

イドリスは、動きを止めて繋《つな》がっている部分に指を這わせた。

「あんっ！」

その途端、稲妻のような衝撃が走り、肉壁がゆるやかに動いてイドリスを締めつける。

「どうした。ここがひくひく震えてるぞ」

イドリスは、ぎりぎりまで開いている優斗のそこを執拗《しつよう》に指でなぞって聞く。

「じらすな。もう早く動いて…」

指で与えられるゆるい快感では我慢できなくなって、優斗は欲望で潤んだ目をイドリスに向ける。

「わかってる。私も、もう我慢できない」

イドリスは欲望を抑えた低い声で言うと、優斗の中に身体を沈めた。

「…んっ。あーっ！」

今まで入ったことのない奥深くまでイドリスのものが突き刺さってきて、優斗は一瞬息を飲む。

だがすぐに入口近くまで引き抜かれて、優斗はシーツを握りしめて声を上げる。

「あっ…、ああっ…、あっ…あーっ…」

メチャクチャに腰を使われ、激しく攻められているのに、気持ちがよくて優斗はどうにかなりそうだった。

「いい…のか？」

イドリスは、激しく喘《あえ》いでいる優斗に聞く。

「んっ…、いいっ…、いいっ…」

優斗は目に涙を浮かべながら、夢中でイドリスにしがみつく。

「最高だ、優斗…」

イドリスは優斗をきつく抱きしめると、高まった熱を中に迸《ほとばし》らせた。

「熱い…。はっ、あーっ！」

熱が弾《はじ》ける激しすぎる刺激に、優斗の意識は粉々に砕け散って吹っ飛ぶ。

目の前が真っ白になって、身体からガクリと力が抜けた。


こんなに身体がだるいのは、生まれて初めての経験だ。

腕を上げるのもだるいし、身体を動かすとあちこちの筋肉がきしみを上げる。

起き上がるとか立つとか、建設的なことは一切考えられなかった。

このままずっと寝ていたい、というのが本音である。

隣で自分をじっと見つめているイドリスと視線が合って、優斗は思わず顔をしかめた。

とても、気まずい。

「約束どおりだったろう」

イドリスは、唇の端を少し上げて言う。

「なにが?」

優斗は首を傾《かし》げた。

「腰が立たなくしてやるって」

にっこり笑って、イドリスは羽毛布団の上から優斗の腰を撫でる。

「ばっか言ってんじゃねーよっ!」

優斗は思わず真っ赤になって、イドリスの顔を手で押す。

昨夜《ゆうべ》のことが、いろいろと頭の中でぐるぐる回っている。

後悔してみてももう遅いかもしれないが、なんでイドリスを寝室に招き入れてしまったのだろう。

イドリスのことを好きだと、昨日、突然気がついてしまったのだからしかたがない。

「ははは、優斗は可愛《かわい》いな」

イドリスは、優斗の髪をくしゃくしゃにする。

「なっ、なんだよっ」

こういう場合どう対応していいのか、恥ずかしくてよくわからない。

「優斗、私の国に来ないか?」

イドリスはじっと優斗を見つめて言う。

「えっ…国?」

優斗はハッとしてイドリスを見る。

「そうだ。私の国の私の家で一緒に住もう」

イドリスは、優斗の手を強く握りしめる。

「そんなこと急に言われたって。俺、大学だってあるし、そんなに遠くに行けないし。いきなり言われても困る」

優斗はイドリスから視線をはずして、断わった。

「優斗のことが、好きなんだ。私と一緒に暮らして欲しい」

イドリスは真剣に頼む。

「好きだと言ってくれるのは嬉しいけど、日本を離れて暮らすなんて俺には無理だよ」

優斗は首を強く横に振った。

イドリスのことを好きだとわかって、それを伝えることだけに一生懸命で、優斗はその先のことなどなにも考えていなかった。

お互いが好きだと確かめ合うだけで、今の優斗は満足だったのである。

「一生、大切にするから」

イドリスは、懸命に優斗に言う。

「ちょっと…それおかしい。なんだかプロポーズされているみたいだ」

優斗は、落ち着くようにとイドリスを促した。

「みたいではなく、そういうことだ」

イドリスは真面目《まじめ》な表情で優斗を見る。

「ええーっ！」

優斗はイドリスの手を払いのけて、飛び退《の》いた。

確かに好きだという自覚はあるし、セックスもして、イドリスのことをもっと知りたいという気持ちもあるが、知り合って間もないし、お互いのこともまだよくわかってないのに、いきなりプロポーズなんてまだ早い。

その前に、いろいろ段階があるはずだ。

「俺は、イドリスの探しているお姫様じゃない。男だし、庶民だし、まだ学生だ」

慌てて断わった。

「そんなの関係ない」

イドリスは、真正面から優斗を見て、きっぱりと告げる。

「で、でも」

優斗は、どうしたらいいのかわからなくなった。

「まだ、帰国まで時間はある。それまでよく考えておいて欲しい」

イドリスは優斗に言う。

「う…、うん…」

優斗は、内心困ったと思いながら返事をした。


一緒についていく決心がつかないまま、イドリスの帰国の日は迫ってきた。

優斗は、イドリスを本当に好きなのか、迷い始める。

英貴がいなくなった時にイドリスに優しくされたから、寂しさを埋めるために好きになったと勘違いをしているのかもしれない。

たった二週間で、そんなに簡単に人を好きになれるものなのだろうか。優斗にはそれも疑問だった。

自分の気持ちに、確信が持てない。

そんな中途半端な気持ちで、異国の地までついていくことはできなかった。

言葉もわからないのに不安すぎる。

「優斗、帰国は明日に迫っている。返事を聞かせてもらえるか？」

イドリスは、じっと優斗を見つめて聞く。

「一緒には行けない」

優斗は顔を上げて、それに答えた。

「まだ、英貴のことが忘れられないのか？　私じゃだめなのか」

イドリスは優斗の手を両手で握りしめる。

「そうじゃない。わからないいんだ…。この気持ちが本当のものなのか」

優斗の心は大きく揺れ動いていた。

イドリスの持つ優しさや包容力には、このまま一緒についていけば幸せになれるかもしれないと思わせるなにかがある。

だが、愛をはっきりと確認するには、二週間という時間は短すぎた。

「私と一緒に、国に来てくれ」

イドリスは優斗の手を取って、甲にキスをする。

「俺は、イドリスと一緒には行けない」

優斗はその手を振り払って、大きく首を横に振った。

「私は、優斗を攫《さら》ってでも連れて帰りたいと思っている」

イドリスは優斗の腕を摑むと引き寄せる。

「無理やり連れていっても、俺を幸せにすることはできない。言葉だってわからないし、友達だってだれひとりいない。そんな場所に連れていかれたら、俺はどうすればいいいんだ？」

優斗は悲しげな眼差《まなざ》しをイドリスに向けた。

「そうだな…」

イドリスは、ハッとして優斗の腕を放す。

「ごめん。なにもかも捨ててイドリスについていけるほどの勇気は、今の俺にはないんだ」

優斗は深々と、イドリスに頭を下げる。

今の生活をすべて捨てて異国についていくほどイドリスを好きなのか、優斗にはまだわからなかった。

イドリスと別れるのは辛《つら》いが、英貴の時と同じように時間が解決してくれると、優斗は思っていた。

「しかたないな。優斗が決めたことなら」

イドリスは大きく肩を落として、息を吐く。

「本当に、ごめん。でも遠くても、インターネットで動画も送れるし、電話もできる」

胸がちくりと痛んだが、一生の問題なのでそう簡単に流されるわけにはいかない。

「そうだな。もし気が変わったら、ここに来てくれ。大学が休みの時に遊びに来てくれるだけでもいい。また優斗に会いたい」

イドリスは優斗に名刺を渡した。

「ものすごい遠距離恋愛だな」

優斗はそれを見て、くすくすと笑う。

住所を見ただけでは、そこがどんなところなのか想像もつかない。

「また、会えるな」

イドリスは、優斗の頬に手を当てて少し首を傾げる。

「縁があれば」

優斗は瞼を閉じて、イドリスのキスを受けた。


イドリスが帰ってから二週間。優斗は抜け殻のようになっていた。

なにをしていても、気がつくとイドリスのことを考えている。

離れればすぐに忘れられると思っていたのに、インターネットでイドリスの国のことを調べたり、アラビア語の会話集を買ったりして、優斗はいつの間にか彼の面影を求めていた。

側《そば》にいないということが不安で、イドリスが今なにをしているのかとても気になる。

英貴の時は、時間がたつに従って心が離れていったのに、二週間たっても忘れるどころか、ますますイドリスの存在が優斗の中で大きくなっていく。

心が苦しい。

いつでもなにか漠然とした不安を抱えていて、気持ちが暗くなる。

前は優斗の片思いでプラトニックだったが、イドリスとはキスもしたし、セックスもした。

忘れようと思っても、優斗の全身がイドリスを覚えている状態である。

ひとりになると、今までのことをリアルに思い出していた。

遠く離れた異国の地にいるイドリスに、おいそれとは会えないというのに。

緑色の目、アッシュの髪、浅黒い皮膚、長い指やたくましい胸、肌の熱さや、力強い腕、自分に触れた指、唇、そしてイドリス自身。

身体のすみずみまで覚えこまされたものが、再び記憶の中で蘇《よみがえ》り、優斗を熱くさせる。

「はぁ…、はぁ…、あ、はぁ…」

優斗はイドリスを思い出して、自分自身を慰めていた。


玄関のチャイムが鳴って、だれだろうと思ってドアを開けると、そこには大きな荷物を持った英貴がいた。

ジーンズにシャツ、レンズの小さい眼鏡《めがね》、一月《ひとつき》前より少し髪が伸びただけで、外見に大きな変化はない。

告白されてから一月ぶりに会ったのだから、もっと衝撃を受けて劇的な展開になるかと思っていたが、優斗は案外冷静だった。

「あっ、来たんだ。入れよ」

英貴の顔を見た途端、優斗の口からはいつもと同じ言葉が勝手に出る。

密《ひそ》かなときめきとか胸の痛みとか、そんなものは綺麗に消えていて、さっぱりとした気分だった。

「しばらくぶり」

英貴ははにかんだ笑顔で、優斗に挨拶《あいさつ》する。

「おかえり、奥さんは一緒じゃないのか？」

英貴ひとりだったので、優斗は思わず聞く。

「おみやげを配る人が多いんで、分担してる。二人で一緒に回ったら、一月ぐらいかかってしまう」

英貴は苦笑いする。

「新婚旅行どうだった？　ヨーロッパ一周だろ」

部屋の中に通して、コーヒーをいれながら優斗は英貴に聞く。

新婚旅行は、ユリアの実家とヨーロッパ各国を回って一月ほどの旅だった。

「ありがとう。とてもいい旅だったよ」

英貴はコーヒーを一口飲むと、にっこりと微笑んで答える。

「そうか、よかったな…」

新婚ほやほやなので少し様子が違うかと思ったが、英貴はいつもとまったく変わらず、クールで落ち着いていた。

情熱的なイドリスとはまったく正反対のタイプだと思って、優斗はハッとする。

いつの間にか、二人を比べていたようだ。

「どうした？　元気ないな」

英貴は優斗を覗きこんで聞く。

「えっ、そんなことないよ」

優斗は慌てて否定した。

アフリカはヨーロッパより遠いのだろうかと、ボーッと考えていたのである。

「もしかして結婚式前に俺が言ったこと、気にしてるのか。だからもう親友だって。あのことは忘れてくれてかまわない」

英貴は袋の中から、みやげ物のチョコレートの箱を取り出して渡した。

「う～ん。そうじゃないんだ…」

優斗はそれを受け取って、上目遣いで英貴を見る。

「じゃあ、なんだ？」

英貴はさらに袋の中から、クマのぬいぐるみを取り出しながら聞く。

「俺、プロポーズされたんだ」

おずおずと、優斗は切り出した。

こんなことを英貴に言っていいものかどうか迷ったが、親友だと本人も言っているので大丈夫だろう。

「だっ、だれに!?」

英貴はクマのぬいぐるみを投げ出して、優斗の襟元を摑む。

「ユリアさんの友達のイドリスに…」

その見幕に驚いて、優斗は目を真ん丸に見開いて答えた。

「……、男じゃなかったか？」

英貴はしばらくの間考えていたが、確信が持てない様子で優斗に聞く。

「うん…」

優斗はこっくりと頷いた。

「うんって、優斗どういうことだよっ。だって、お前…。なんで、相手が男なんだ？」

英貴は、思いきり優斗の襟首を揺らした。

「黙っててごめん。俺、実は英貴のことが好きだったんだ」

優斗は、英貴の手を襟から丁寧にはずして言う。

「なっ、なに言って…」

英貴は茫然《ぼうぜん》と優斗を見つめていたが、投げ捨てたクマのぬいぐるみを拾って、優斗を叩《たた》いた。

「いてっ、痛いって！」

優斗は頭を両手で押さえる。

「なんで、それを言ってくれなかったんだ」

英貴はクマのぬいぐるみを投げ捨てると、ぎゅっと優斗を抱きしめる。

「…ごめん。ずっと言えなかった」

あんなに好きだった英貴に抱きしめられたのに、不思議とイドリスに抱きしめられた時のようなトキメキはなかった。

「ずっとって、どういうことだ？」

身体から手を放すと、英貴はじっと優斗を見つめる。

「いつから好きになったのかわからないけど、英貴が結婚するって言ったその日まで好きだった」

優斗は英貴を見つめ返して、静かに答えた。

「なんで言わなかったんだ」

英貴は頭を両手で押さえて、テーブルに突っ伏した。

「言えなかったんだ。好きだなんて言ったら、英貴に嫌われてしまうと思った。嫌われるぐらいなら、一生親友でいいって思ってた」

こんなに動揺してひどく落ち着かない様子の英貴を見るのは初めてだと思いながら、優斗は言う。

それだけ、優斗の告白の衝撃が大きかったのだろう。

「優斗も、俺と同じことを思ってたんだな」

英貴は顔を上げて、唇をぎゅっと噛みしめる。

「結婚するならしかたないって無理やりあきらめたのに、式直前にあんなことを言うなんて卑怯《ひきょう》だ。あきらめたのに、俺はまた迷い始めた」

優斗は苦笑しながら、投げ捨てられたぬいぐるみを拾った。

「あれは、自分の気持ちにはっきりと決着をつけようと思って…。ごめん」

英貴は、俯いて拳《こぶし》を握りしめた。

「俺も英貴に告白された後は、すぐに返事をすればよかったのかもしれないってずいぶん悩んだ」

優斗はぬいぐるみを抱きしめて、クスリと笑う。

ほんの一か月前のことなのに、あんなに悩んでいたのが嘘《うそ》のようだ。

今は落ち着いて自分の気持ちを見極められる。

「優斗、俺は…」

英貴は優斗の腕を掴む。

「あの時好きだって言えば、英貴はユリアさんと結婚しないで俺と逃げてくれたかもしれないとかいろいろ考えたけど、今は言わなくてよかったと思ってる」

優斗は英貴の手をはずしながら、静かに言った。

「えっ！」

英貴は驚いて、じっと優斗を見る。

「今日、英貴の顔を見てわかった。俺が好きなのは、イドリスなんだって」

優斗は、にっこりと笑う。

「優斗、お前…」

英貴はハッとして、両手をテーブルについた。

「俺、イドリスの国に行くことにする」

英貴に好きだと告白されてから時間があまりたっていないし、それを忘れたいからイドリスを好きだと思いこもうとしているのかもしれないと、優斗は思っていた。

だが、英貴の顔を見て、自分も好きだったと告白して初めて違うとわかったのである。

自分が好きなのはイドリスで、英貴のことはもう過去のことになっていたのだと気がついた。

英貴が結婚するとわかった時に、優斗は長年心に秘めてきた思いをあきらめたのである。

後から、英貴に好きだったと言われて迷いや後悔は生じたが、以前のように彼に対する恋心が大きく燃え上がることはなかった。

「いったい、どこに行く気なんだ？」

英貴は優斗に聞く。

「アフリカに、イドリスを追いかけていくつもりだ」

優斗は立ち上がると、明るい声で言う。

「アフリカ！」

英貴は茫然と優斗を見ていた。


アラビア語のつたないメールをイドリスに送って、優斗はイドリスの待つ国に旅立った。

ヨーロッパ線で乗り継いで、アフリカの地へ。

海外旅行も初めてで、さらにひとり旅。言葉もよくわからない異国の地へ、優斗は到着した。

一応下調べはしてきたが、ガイドブックとアラビア語の会話集だけではたどり着けるかどうかわからない。

イドリスの国はアフリカの北に位置していて、大西洋沿いは小麦や果実の一大産地となっている。国の中央には高い山々が連なり、南にはサハラ砂漠が広がる。

リン鉱石の埋蔵量は世界の三分の二を占めていて、主力産業になっていた。

空港からは鉄道を使い、さらにタクシーに乗り継いで、到着した街は、有名な映画のロケ地にもなっている。

街には車が溢《あふ》れ、高層ビルが建ち並んでいてスーツ姿のビジネスマンも多く、東京の風景となんら変わりがない。

ただ、東京とは空の青さが違った。

晴れていても薄曇りのような東京の空とは違い、気持ちがいいほどスカッと晴れわたっている。

飛行場から電話をかけると、マリーンが広場に迎えの人をよこすと言っていたのだが、いっこうに来る気配がない。

日本人のように時間に正確ではないと聞いていたので一時間ほど待ってみたが、迎えの者は来ない。

もう一度携帯電話をかけてみたが、マリーンは外出中で、優斗のつたないアラビア語では会話が成り立たなかった。

しかたがないので以前もらった名刺の住所を頼りに、タクシーを拾って優斗はイドリスの家を訪ねた。

家の周りは白い壁で覆われていて、中がどうなっているのかうかがい知ることはできない。

周囲にはガードマンがいて、目を光らせていた。

入口のガードマンに聞かれて、優斗はイドリスに会いに来たことを告げる。ガードマンはしばらくの間無線機でやりとりをしていたが、優斗にドアの前に行けと促した。

大きな木製の扉には手の形のノッカーがある。

優斗は、迷わずそれを叩いた。乾いた音がカンカンと響く。

しばらくすると扉が開いて、中から民族衣装をまとった中年の男性が現れた。

「イドリスさんはいますか？　日本から来た相田優斗です」

優斗は、ゆっくりと言葉を区切りながら男性に聞く。

「迎えの者はどうしました？」

男は優斗に聞く。

「広場では会えませんでした」

優斗は男性に言う。

「広場？　モスクで待つことになっていましたが。間違えましたか」

首を傾げながらも、男は優斗のスーツケースを受け取って中に招き入れた。

「え？……はい」

男の後について扉をくぐると、そこは土間になっている。

さらにその先に扉があって、開けると広い中庭になっていた。外から見ただけでは、中がこんなに広いとは思えなかった。

中庭の中心には噴水があり、その四方に太いそてつの木が植えられている。

床と壁の腰の高さまで、美しい模様のタイルが貼《は》られ、エキゾチックな雰囲気をかもし出している。

その中庭をぐるりと囲むように回廊が作られていて、その回廊に面して個々の部屋がしつらえてある。

回廊の柱には、手のかかったブラスター彫刻が施されていた。

壁は白く、回廊に向かって開かれたドアは木製で取っ手は人の形をしている。

通された居間はアースカラーでまとめられていた。

しばらく待っていると、ブルーの服を着たマリーンが部屋の中に入ってきた。

背が少し高くなって、顔つきもやや大人っぽくなったような気がする。

「どうやら迎えの者と、行き違いになってしまったようですね。長旅で、お疲れでしょう」

マリーンは窓際のソファに優斗を導く。

「マリーン。久しぶり」

見知った顔に迎えられて、優斗はホッと胸を撫で下ろす。

肩から下げていた荷物を置いてソファに座ると、優斗は周りを見回した。

居間の壁も白で、腰の高さまで花模様のタイルが貼られている。絨緞《じゅうたん》はサンドベージュ、生成りのソファにクッションもベージュや薄いグレー、家具も茶色で統一されている。

大きな暖炉があり、天井からはモダンな形のランプが下がっていた。

「ミントティーはいかがですか。それとも、コーヒーにしますか?」

他の使用人が持ってきたミントティーのセットを見て、マリーンは聞く。

「じゃあ、ミントティーを」

優斗は答えた。

「どうぞ」

マリーンはミントの入ったカップに、銀のポットで高い場所から紅茶をいれて十分に泡立たせて優斗に勧めた。

「ありがとう。ずいぶん広い家なんだな」

優斗は、ミントティーを飲みながらマリーンに聞く。

「ええ、ここは十八世紀は領主の家でしたから。寝室だけで十室あります。他にもホールや食堂やプールなどもあります」

マリーンは淡々と説明した。

「イドリスは？」

優斗はマリーンに聞く。

「あいにくイドリス様は急な視察があり、お出かけになっていて、お帰りは明後日《あさって》です。それまでどうぞ、こちらでおくつろぎください」

マリーンは優斗に言う。

「そうか…、ありがとう」

優斗は頷いた。

気が急《せ》いて焦って来てしまったが、イドリスがいるかきちんと確かめてから来ればよかった、と優斗は思う。

ここに来れば必ずいると思っていたが、イドリスは王子としての仕事もあったのだ。

待っていてくれると思っていただけに、がっかりしてしまう。

「なにをしにいらしたのか、お聞きしてもいいでしょうか」

マリーンはきつい口調で、優斗に聞いた。

「えっ？　イドリスに会いに…」

優斗はぎょっとして、ミントティーを飲むのをやめてマリーンを見る。

覚悟を決め、一生イドリスと暮らすつもりでここまで来たが、あらためてマリーンに聞かれると答えられなかった。

もしかしたら、ここでの生活に耐えられなくなって、日本に帰ることになるかもしれない。

「僕は、絶対に認めません」

マリーンは挑戦的な眼差しを優斗に向けた。

「マリーン…」

優斗は、ハッとしてマリーンを見る。

マリーンも密かにイドリスのことを想っていると、優斗は気がついていた。

使用人の立場なので、そのことはイドリスに言っていないようだが、反対する気持ちはわかる。

優斗がイドリスにふさわしいお姫様なら、マリーンも認めることができたかもしれないが、優斗は外国人で一般庶民の大学生、さらに男というハンデがある。

到底認められないだろう。

「イドリス様に優斗さんは似合いません。イドリス様は王子なんですから」

マリーンは、きっぱりと言う。

「それは…、わかっている」

優斗は両手を組んで膝の上に置く。

自分がイドリスにふさわしくないことはわかっているが、それでも好きなのだからしかたがない。

だが、それだけで押し通せないのもわかっていた。

「わかっているなら、イドリス様に会わずに帰ってください」

マリーンは優斗に懇願した。

「それは、できない。俺は、イドリスと会って話さなくてはいけないことがたくさんあるんだ。どうするかは、二人で話し合って決めることだ」

優斗は、まっすぐにマリーンを見てきっぱりと言う。

「…、そうですか。それなら、しかたないですね」

マリーンは一礼すると、部屋から出ていった。

「ふうっ」

勢いでここまで来てしまったが、イドリスがいないことを知った途端、今まで気を張っていたぶん身体から力が抜けていく。

力が入りすぎていたのかもしれない。

のんびりとお茶を楽しんでいると、違う使用人が現れアラビア語で話しかけてきた。

優斗は慌てて会話集を取り出すと、身ぶり手ぶりを交えて会話を試みる。

どうやら、ゲストルームに案内してくれるということのようだ。

彼は優斗のスーツケースと荷物を持って、居間から出る。

優斗も彼について回廊を歩き、階段を上って二階に行く。

二階の廊下から中庭を覗いてみると、タイル張りの床は綺麗な幾何学模様になっている。

寝室は一階の居間と同じように、アースカラーで統一されていた。

絨緞が黄土色でやや明るく感じるが、ベッドカバーは生成りで、クッションや肘《ひじ》掛けイスなどもグレーやクリームなどで統一され落ち着いている。

この部屋の壁も腰の高さまでタイルが貼ってあった。

各部屋ごとに違う色や模様のようで、この部屋はブルーとグリーンを合わせている。

中庭に面した窓の他に反対側にも窓があり、そこから外を見るとプールがあった。

「うわぁ、プールだ」

優斗は思わずはしゃいで、使用人にプールを指さす。

青く塗られたプールにはなみなみと水がたたえられ、清々《すがすが》しい雰囲気だ。

プールサイドにはサンベッドが並び、そてつの木が植えられている。

「あれはなに？」

その脇《わき》にドーム型の見慣れない建物があり、優斗は不思議に思って使用人に聞く。

「ハマム」

使用人は答えた。

「ああ、ハマムね」

ガイドブックに、蒸し風呂《ぶろ》のようなものだと書かれていたことを優斗は思い出す。

個人所有にしては、ずいぶん大きなものだと優斗は思う。

「こっち」

使用人はドアを開いて、寝室に隣接するシャワールームに案内する。

「ここを使うんだ」

日常的に、ハマムを使っているのではないようだ。

食堂の場所と夕食の時間を教えて、使用人は部屋から出ていく。

ひとりになると、優斗は伸びをしてベッドに横になった。

瞼を閉じると、海の音が聞こえてくる。

家自体が高い壁に囲まれていてここからは見えないが、海が近いようだ。

屋上がルーフデッキになっていると使用人から聞いたので、後で見に行ってみよう。

そんなことを考えているうちに、うとうとと眠ってしまった。

イドリスが帰ってくるまで、丸一日時間がある。

プールやテレビやオーディオなど、屋敷にはいろいろな設備が揃《そろ》っているが、せっかくなので、優斗は街の中を見学することにした。

マリーンに案内を頼むのも気まずいので、優斗はひとりで出かけることにした。

出がけに他の使用人が案内してくれると言ったが、言葉が上手く通じないのでひとりで行っても同じだと思い、優斗は断わった。

タクシーで、古い町並みの残っている旧市街のメディナに行ってもらう。

旧市街全体が城壁で囲まれていて、その入口の門の前で優斗はタクシーを降りた。

背丈が高く立派な城壁で、これで外からの敵に備えたのだろうと予想できる。

外からは中の様子をまったくうかがい知ることはできなかったが、城壁の中は人でにぎわっていた。

中はスークと呼ばれる市場になっていて、細い道沿いに商店が建ち並ぶ。

天井までいろいろな商品が並べられ、散策する人が道に溢れている。

日よけのために通路の上に張られたよしずの隙間《すきま》から日の光が入り、複雑な影を作り出していた。光と影のコントラストが美しい。

入口近くは食べ物の屋台が並び、香ばしい香りを辺りに漂わせていた。

店の人が、ハリラ、クスクス、タジンだの耳慣れない言葉をかけてくる。

料理はあれこれと指して注文できるので、言葉がわからなくても大丈夫だ。

オレンジをたくさん積んだ、フレッシュオレンジジュースの屋台もある。

食品やスパイス、ピクルス、乾燥フルーツなどを売っている路地を抜けると、衣類や雑貨、鍋《なべ》などの店が現れる。

天井からは、日本ではあまり見られない原色のカラフルな衣類や鍋が吊《つ》り下げられている。

華やかな細工が施されたランプや大きな皿、土鍋、絨緞、バケツ、さらには糸や布が売られ、スークの最奥には電化製品を売る店が建ち並んでいた。

ありとあらゆるものがある市場だ。

路地はごちゃごちゃとして、途中で行き止まりになっていたり、大きな広場に出たり、複雑に入り組んでいる。

天井はよしずが張られているので外の様子がよくわからず、品物を見て歩いていると今自分がどの位置にいるのかわからなくなる。

気がつくと、スークを出て住宅街に入ったようだ。

道の狭さは変わらないが上のよしずがなくなり、商店が消え、その代わりに大きな扉のついた壁が左右に続く。

どの家も塀に囲まれていて、その扉からしか家の中をうかがうことはできない。

スークの中は人でごった返していたが、住宅街は静かで歩いている人もいなかった。

今までの喧騒《けんそう》が嘘のように、シンッと静まり返っている。

白い壁にアースカラー、こげ茶、いろいろな壁が続く。

曲がりくねった道を進むと、突きあたりは城壁でそれ以上先には行けなかった。

戻ろうとして優斗が振り向くと、屈強な男性が数名いて、いつの間にか彼らに取り囲まれていた。

ガイドブックには、スリや置き引きはいるが、強盗に遭うほど治安が悪いとは書かれていなかった。

「退《ど》いてください」

どうするべきか迷ったが、とりあえず道を空けてもらおうと腕で彼らを押した。

「うわっ！」

いきなり腕を摑まれ、三人がかりで押さえつけられて口をガムテープで塞がれ、腕もガムテープでぐるぐる巻きにされて袋に押しこめられる。

「うーっ、うーっ」

まずは助けを乞《こ》えばよかったと思ったが、もう遅い。

荷物でも持つように担がれていた。

彼らが何者なのか、いったいどこに連れていかれるのかわからず、優斗は不安に襲われる。

まだイドリスにも会っていないのに、こんなことになるなんて思ってもいなかった。

バタンとドアが閉まる音がして、階段を上っているような感覚があり、しばらくすると床に下ろされた。

床は、硬い感じはしない。

急に視界が開けて、かぶせられていた袋をはずされたのだと優斗は気がついた。

小さな部屋だが、真っ白に塗られた壁は清潔で、床には絨緞が敷きつめられ、居間にも寝室にもなるようにソファベッドが置いてある。窓は小さな天窓だけで、外は見えなかった。

男たちは優斗の靴を脱がすと、口を覆っていたガムテープをはずして、部屋から出ていく。

「なっ、なんなんだいったい」

そのまま部屋に置いていかれて、優斗はしばらくの間、茫然としていた。

どうやら、自分は誘拐されたようである。

口のガムテープははずしてくれたが、腕はぐるぐる巻きにされているので、自由に動くことはできない。

それでもなんとか立ち上がってドアの側まで行き、精一杯つま先で立ってドアノブを摑んだが鍵がかけられていて開かない。

「チクショウ」

優斗は、ドアの前に座りこんだ。

いったいだれがなんのために自分を誘拐して、これからどうしようというのだろう。

優斗を連れてきた男たちは一言も話していないので、さっぱり状況が掴めなかった。

だが、男たちがなにか話したとしても、言葉がよくわからない優斗には通じなかっただろう。

どうして誘拐されたのか、これからどうなるのか、なにもわからないので不安である。

「おーい、俺をどうする気なんだ！」

思いきり叫んでみたが反応はなかった。

日本語で叫んでいるので、聞いているかもしれないが意味がわからないので来ないのだろう。

「なんで閉じ込めるんだ。出せーっ！」

しばらくの間叫び続けたが、なんの反応もないのであきらめて優斗はソファに座りこんだ。

それから数時間。周りに人の気配はまったくない。

ここに置き去りにされてしまったのではないかと、だんだんと不安が募ってきた。

人がいればいたで、いつ殺されるかもしれないという恐怖があるが、いないと閉じこめられたまま放置されて餓死という恐怖がある。

外国人を誘拐するということは身の代金目的なのかもしれないが、裕福か貧乏かわからない旅行者を誘拐してもしかたがない。

もしかしたら、イドリスの家から出るところを見られたのかもしれないと、優斗は思う。

王子の知り合いならお金を持っていると、勘違いされ誘拐されたのだろうか。

それだったら、大きな間違いだと教えてやりたいが、人の気配がまったくないので訂正のしようもなかった。

それとも、イドリス本人に要求するつもりなのだろうか。

どちらにしても、今の状態では推測するだけしかできない。

様子がわからないので、優斗はそのままじっとソファに寝転がっていた。

ひとつだけある窓からの光が消えて、部屋の中が薄暗くなってくる。

どうやら日が暮れてきたようだ。

マリーンが心配しているだろうが、連絡の取りようがないのでどうしようもない。

部屋の中が真っ暗になる前にドアが開いて、背が高く肌の色が黒い筋肉質の男が入ってきた。

男は部屋の灯りをつけて、持ってきた夕食の皿を小さなテーブルの上に置いた。

「うっ」

暗さに慣れた目には、その灯りがとても眩《まぶ》しくて、優斗は目をしばたたかせる。

「ここはどこなんだ?」

英語で質問してみたが、男はわからないようで首を傾げていた。

鞄《かばん》にアラビア語会話集が入っていることを思い出したが、持っていかれたようでなかった。

優斗は身ぶりで男に鞄の中に会話集が入っていることを教えて、持ってきてもらう。

男に手のガムテープをはずしてもらって、会話集を片手にさっそく質問をする。

「ここはどこ?」

質問はできるが、会話集にない答えが返ってくるとわからないのが難点だ。

「メディナだ」

男は答える。

「城壁の中か?」

どうやら、攫われた場所の近くの家に監禁されているようだ。

「どうして連れてきた。金が欲しいのか?」

優斗は短い言葉を連ねて、なんとか男から聞き出そうと試みる。

「違う。ここに数日いてもらう。その後他に行く」

男は首を横に振る。

「他に行く?」

身の代金目的じゃないようだが、他に移されるとはどういうことなのだろうか。

「だれに言われた?」

犯人を聞き出そうとして、優斗は男に聞く。

「食え」

男はそれには答えず、短く言うと部屋から出ていった。

「う〜ん」

結局わかったのは、今いる場所はメディナ内で身の代金目的の誘拐ではないということだ。

質問のしかたも悪かったが、あまりに情報が少ない。

夕飯も持ってきてくれたし、餓死させる気はないようなので、今はおとなしくして様子をうかがっているほうがよさそうだ。

優斗がイドリスの知り合いだとわかったら、お金を要求されるかもしれないので、迂闊《うかつ》に言わないほうがいいだろう。

昼間は人の気配がなかったが、今はぼそぼそとだが話し声が聞こえるので、人がいるようだ。

仕事から帰ってきたという状況なのだろうか。

すぐ殺されることもなさそうだし、お腹もすいてきたので、優斗はテーブルに置かれた食事を食べることにした。

夕食は、小麦に野菜や肉の煮こみを載せたクスクスのようである。

ソースもついていたので、それをかけて優斗は食べた。

「美味《うま》い」

お米のような小麦粉に野菜や肉のうまみが染みていて、ソースがスパイシーでおいしい。

イドリスの家で食べたのとは、また違うおいしさである。

すべて食べてしまって、優斗はあらためて部屋の中を見回した。

ソファの上にある数個のクッションと、足下に綺麗に丸めてある毛布のようなものしかない。他には家具らしいものも電化製品も、なにも見当たらなかった。

ここが、屋根裏部屋だからなのだろうか。

そんなことを考えていると、夕食を持ってきた男が再びポットを持って部屋に入ってきた。

「おいしかった。ありがとう」

優斗は、男に礼を言う。

「ミントティーだ」

男は頷くと、カップにミントティーをそそぎ、パイのような小菓子とともに優斗に勧める。

「ありがとう」

優斗は礼を言って、ミントティーを飲む。

監禁はされているが、どうやら友好的なようだ。

「トイレはどこ?」

とりあえず、優斗は聞いてみた。

「そこのドアを出た場所にある」

男はさらりと言うと、ドアを指さす。

「どうも」

ドアを出ると二つ扉があり、ひとつを開けるとトイレで、もうひとつの扉には鍵がかかっていた。

どうやら下に下りる階段のようである。

こんな作りになっているということは、日常的に誘拐を行っているのだろうか。

それとも、だれかをかくまうための家なのだろうか。

トイレには窓がなく、ここから助けを呼ぶことができないので、優斗はそのまま部屋に戻った。

男は優斗が戻ってくると、ポットを上げて聞く。

「おかわりは？」

「ください」

優斗は素直にカップを差し出した。

高い位置から泡立ててお茶をいれる技は、何度見ても見事である。

そんなにしていれなくてもいいと思うのだが、日本の茶道のようなこだわりがあるのかもしれない。

男はお茶をいれると、部屋から出ていった。

他にすることもないのでアラビア語の会話集を開いて覚えることにしたが、字を目で追ってみても、なかなか内容が頭に入らない。

自分はこれからどうなるのだろう。

すぐに殺されることはないようだが、どこかに連れていかれるようだ。

海外に売られてしまうのかもしれない。

離れてみて初めて、イドリスのことを好きになっていたと気がついたのに、このまま会えなかったらどうしようと不安になる。

イドリスと暮らそうと決心してアフリカまで来たのに、こんなことになるなんて考えてもいなかった。

ここに来ればイドリスと会えると考えていたのは、大きな間違いだった。

ぎゅっと握りしめた指先が、不安で冷たくなる。

イドリスに一緒に行こうと言われた時に、行くと返事をしていればこんなことにはならなかった。

考えてみると、優斗は言わなかったことを後悔ばかりしている。

英貴の時も、イドリスの時も、いつも否定的なことしか考えず、自分でチャンスをつぶしてしまっていたのだ。

言う勇気がなかったことを反省しなければいけない。

イドリスともう二度と会えないかもしれない、と悲観している場合ではないのだ。

必ずここから逃げ出して、イドリスに会ってちゃんと言わなければならない。

それに、イドリスは自分の危険も顧みず優斗を助けてくれた。

今回もきっと、イドリスがどんなことをしても優斗を見つけ出して、助けに来てくれるだろう。

『運命の人』と優斗のことを言っていたのだから。

悲観的なことばかりを考えるより、ここから逃げ出す算段をしたほうがいい。

夜も更けてきたので、床に丸めて置いてあった毛布を取り出し、クッションを枕《まくら》にソファの上で横になる。

イドリスを信じて、優斗は眠りについた。

朝になると、昨日の男が朝食を持ってきた。

サラダとアラビアパンとミントティーである。

アラビアパンに濃厚なハチミツやジャム、日本とは風味が違うこってりとしたバターをつけて食べた。

誘拐されたにしては、待遇がとてもいい。

朝食が済むと、食器を片づけて男は部屋からいなくなった。

アラビア語でいろいろ話しかけてみたが、男はあまり話そうとはしない。

そうこうしているうちに、昨日の昼間と同じように、まったく人の気配がしなくなった。

優斗はソファの上に乗って小窓から外を見たが、周りの家の屋根しか見えない。

あまり大きくない窓には鉄格子がはまっていて、逃げ出すのは物理的に無理そうだ。

やはり、ドアを破って階段を下りて外に出るしかない。

部屋のドアは今は自由に開けられるようになっているので、優斗は足音を忍ばせて、階段下に向かうドアの前に立つ。

木製の頑丈な扉に鍵穴はない。押してみても開かないのは、表から南京錠《なんきんじょう》のようなものをつけられているからだろう。

これでは、扉を壊すしか向こう側に行く術《すべ》はない。

ドアにソファでも投げつけて壊すしかないだろうが、ひとりでどうやってソファを持ち上げて投げるかという問題があった。

「う～ん」

それなら、男がドアを開けた時を狙《ねら》って、逃げ出すほうが手っ取り早い。

食事時がいいが、その時間は他にも人の気配がするので、扉を突破できたとしても途中で他の人に捕まる可能性が高い。

人のいない時のほうが逃げ出しやすいのだが、難しいところだ。

最初は人質がいるのに見張りを置かなくていいのだろうかと疑問だったが、この国の家の構造がそれを許しているのだと気がついた。

壁で家が囲まれていて、窓も外の通りに向かって開いていないので、扉を閉ざしてしまえば中の様子はわからない。

暑さ寒さをしのぐため壁が厚いので、多少叫んでも外には聞こえないのだろう。

家の中に入ってこない限り、自分がここに囚《とら》われていることがわからない。

この家を訪ねてくる人もいないし、他人には扉を開けたりしないのだろう。

他の手段で逃げ出せないか考えていると、昼過ぎに動きがあった。

今まで人の声などまったくしなかったのに、大勢の人の声がして、バタンバタンと扉が開く音がする。

直感的になにかあったなと思ったが、それがどういうことかわからないので、優斗は部屋の隅でじっと様子をうかがう。

だれかを呼んでいるような声が聞こえた。

耳を澄ましてみると、聞き覚えのある声である。

その声の主がイドリスで、『優斗』と自分を呼んでいるのだと気がついて、優斗は急いで部屋から出た。

「俺はここだ！」

優斗は部屋から出ると、ドアを拳で叩いて大声で叫んだ。

バタバタと階段を上る複数の足音が近づいてきて、これでここから出られると、優斗はホッとする。

「早くドアを開けてくれっ」

優斗は思わず、日本語で叫んだ。

「優斗なのか、そこにいるのか？」

近い場所から日本語の答えが返ってきて、優斗はハッとしてドアに耳を押しつける。

「そうだ、イドリスっ！」

ドア越しで顔は見えないが、イドリスの気配ははっきりとわかった。

「優斗、ドアから離れていろ」

イドリスは言う。

「はいっ」

返事をすると、優斗は階段下のドアから離れて部屋に戻る。

部屋の入口から見ていると、大きな音とともに階段下のドアが激しく揺れた。

だがドアの鍵は簡単には壊れなかったようで、アラビア語でなにか叫ぶ声が聞こえる。

しばらくして、ガチャガチャと金属が擦れ合う音が続いた後、ドアは静かに開いた。

そこには民族衣装姿のイドリスと屋敷の使用人、その他にも警官が数名いる。

「イドリス！」

優斗はイドリスの側まで駆け寄った。

別れてから数週間しかたっていないはずなのに、何か月も離れていたような不思議な感覚に襲われる。

やっとイドリスに会えたという喜びと、助かったという安堵《あんど》で、涙が出そうだったが、優斗は必死でこらえた。

「よかった。無事だったか。怪我《けが》はないか？」

イドリスは優斗をぎゅっと抱きしめて、確かめるように優斗を見つめる。

「大丈夫だ。特にひどい扱いは受けていない」

優斗はイドリスに答えた。

抱きしめられていると、今までの不安が嘘のように消えていく。

イドリスは、やはり自分を助けに来てくれた。信じて待っていてよかったと、優斗は心から思う。

「どうして、ここにいるとわかったんだ？」

優斗は不思議に思ってイドリスに聞く。

「ＧＰＳだ。日本にいる時、私が迷子になったら困るからって、お互いの居場所がわかるように設定してくれただろう」

イドリスは、優斗に説明する。

「あっ！　そういえば鞄の中に携帯があった」

設定を解除しないままだったことを優斗は思い出した。

取られた鞄の中に入っていたので、居場所がわかったのだろう。

「後は警察に任せて家に戻ろう」

イドリスは優斗の腕を掴むと、急いで階段を下りる。

「警察って。この家はいったいなんなんだ？」

身の代金要求のために誘拐されたのか、それとも自分を売る目的なのか、他になにか理由があるのか、自分がなんのために誘拐されたのか、いまだわからないので優斗はイドリスに聞く。

「人身売買組織のアジトだ」

イドリスは足早に歩きながら、優斗に説明した。

「人身売買っ！」

優斗は、ぎょっとして聞き返す。

危うく売られるところだったのだと知って、優斗はぞっとする。

「ああ、労働力や臓器売買や売春をさせるために人を攫って売る。ここは、アフリカとヨーロッパを結ぶ中継点になっているようだ」

イドリスは、険しい表情で言う。

「うわーっ、デンジャラス」

二十一世紀になったというのに人身売買なんて、日本じゃ到底そんなことは考えられない。

階段を下りきると廊下になっていて、その先に扉がある。

家の中は、警官だらけだ。

イドリスは、かなりの数の警官を引き連れてきたようである。

さすが王子だと感心するところなのか、こんなことになって反省するところなのか、自分でも判断がつかない。

扉を開けると中庭が広がっていて、その時になって、優斗は自分が靴を脱がされたままだったことに気がついた。

「俺の靴は？　うっ、うわっ」

あっと思う間もなくイドリスに抱き上げられて、優斗は必死でその首にしがみつく。

「優斗の鞄と靴を捜して、後で持ってきてくれ」

イドリスは、側にいる警官に頼んだ。

「下ろせよ、自分で捜す」

使用人や警官がいる前で抱き上げられているのは恥ずかしいので、優斗はイドリスに頼む。

「捜査の邪魔になる。どうせ車までだ。行くぞ」

イドリスはそれを無視して、優斗を抱き上げたまま中庭を突っ切って木の扉から外に出た。

「じゃあ…」

靴がどこにあるのかわからないし、そう言われるとしかたがない。

「ここは？」

城壁の近くの路地に出て、攫われた場所からずいぶん近くに監禁されていたのだと優斗は驚く。

路地自体が曲がりくねっているので、ここに来てしまえばだれにも見とがめられない。

反対側の家も、入口のドア以外は高い壁で窓ひとつない。

ここは、だれにも見られることなく、誘拐することができる場所なのだろう。

外の道にもたくさんの警官が配置されていて、優斗は驚いた。

イドリスと使用人たちは、警官の間をぬって歩いていく。

車までとイドリスは言ったが、この辺りの細い道に車が入れないことに優斗は気がついた。

こんな道を通れるのは、せいぜいリヤカーか自転車ぐらいだろう。

必然的に、優斗はイドリスに抱きかかえられたまま移動することになる。

イドリスの身体から漂う甘い香りや体温を感じて、優斗の心臓の鼓動は大きくなっていた。

意識しないようにと思えば思うほど、身体が熱くなり手が汗ばむ。

自分が来た時と同じようにスークの中を戻るのだと思っていたが、住宅街から城壁の外に出る門があり、警官以外の人とすれ違うことはなかった。

大通りには警察車両がたくさん停まっていて、物々しい警戒態勢を敷いている。

こんな大事になっていたのだと、優斗は冷や汗をかいた。

門の近くに停まっていた車の側まで行くと、外で待っていた運転手がドアを開けてくれ、二人が乗りこむとすぐにドアを閉める。

座った途端、イドリスは優斗にキスをした。

「わっ、なっなにを!」

通行人も警官もいるのにいきなりキスはまずいと思って、優斗はイドリスを思いきり突き放す。

「やっと会えたな、優斗」

だがそんなことにはかまわずに、イドリスは優斗を抱きしめた。

「人が見てるから！　王子なのに、こんなところを見つかったらまずいだろ。後でゆっくりすればいいじゃないかっ」

腕を突っ張って、優斗は必死でイドリスを遠ざける。

「そうか。それもそうだ」

運転手が車に乗りこんできたのを見てあきらめると、手で走るように合図する。

「助けてくれてありがとう」

優斗は、大きく息をつくとイドリスに礼を言う。

「使用人から、優斗が出かけたきり帰ってこないと聞いた時は、どうなることかと心配したが、見つかってよかった」

イドリスは、心配気に優斗を覗きこむ。

「ごめん。まさか、あんな場所で誘拐されるとは思わなくて」

優斗は、素直に謝った。

ひとりでうろうろせずに、使用人に案内を頼めばよかったと後悔する。

「なにもされてないか？」

イドリスは優斗の両頬に手を当てて、じっと見つめる。

「なっ、なにもされてない」

その目が怖くて、優斗は思わず視線をはずす。

「本当に…、なにもされてないのか？　売春させられる人間は、事前に試されるらしいが…」

それがイドリスの不審を煽《あお》ったようだ。

「試されてないって…。ちょっと待て！　うっ、運転手さんが見てるって…、ブレーキとアクセルを踏み間違えたらどうするんだよっ。ここじゃなく、後で調べればいいだろう」

いきなりシャツのボタンをはずされて、優斗は驚いてイドリスの手を払いのける。

「わかった、そうしよう」

イドリスは、あっさりとあきらめた。

「はーっ」

優斗は額にかいた汗を手の甲で拭う。

ドラマチックともいえるが、まさかこんな再会になるとは思ってもみなかった。

イドリスの顔を確かめる余裕もなかったと思い返して、優斗はがっかりする。

恋愛映画のような感動の再会を期待していたのだが、アクション映画さながらの救出劇になってしまった。

「私に会いに、日本から来てくれたんだろう」

優斗の様子を見て、笑いながらイドリスは言う。

「…うん」

ちゃんと覚悟を決めてきたはずなのに、あらためて確かめられるとなんだか気恥ずかしい。

イドリスに会ったら、『一生ついていきます』とか『一緒に暮らすために来ました』とか、言うことをいろいろ考えていたのだが、いざとなると言い出しにくい。

いろいろな言葉が頭の中でぐるぐる回っているが、どれを選択すればいいのか迷う。

「で、何日滞在できるんだ？　私の手が空いている時はできるだけ案内しよう」

イドリスは聞いた。

「えっ？」

勘違いしているようだと優斗は気がつく。

つたないアラビア語のメールでは、優斗の決心などまったくイドリスには伝わっていなかったのだろう。

遊びに来たぐらいにしか、思っていないようだ。

「一生ここで暮らすつもりで来た」

優斗は深呼吸をすると一気に言う。

今まで言わないで後悔ばかりしてきたものを、ここで払拭《ふっしょく》できた気がする。

「えっ！　本当に。一生、私と一緒に暮らしてくれるのか？」

イドリスは喜びを隠しきれず、パッと顔を輝かせて優斗に聞く。

「うん。イドリスがいなくなって、心にぽっかりと穴が開いたようでひとりでいるのが寂しかった。イドリスに会いたいって思ったら、いても立ってもいられなくて…」

優斗はイドリスを見つめ返す。

「優斗！　そうだったのか」

イドリスは満面の笑みを浮かべて優斗をぎゅっと抱きしめると、瞼を閉じて顔を近づける。

「運転手さんが見てるから、キスはだめだって！」

優斗は、両手でイドリスの顔を力の限り押し戻した。


「帰ってこなければよかったのに」

イドリスの家に戻ると、マリーンの冷たい挨拶に優斗は迎えられた。

「まさか…」

優斗は一瞬、誘拐はマリーンが仕組んだのだろうかと疑ったが、あの場所に迷いこんだのはまったくの偶然だったので、それはありえないと思い直した。

家からつけられていたとしたらと考えたが、それでは監禁場所の近くで誘拐されたのは都合がよすぎる。

「マリーン、なんてことを言うんだ。優斗は監禁されて大変だったんだ。いたわってやりなさい」

イドリスは、マリーンに言う。

「イドリス様がなんと言おうと、僕は認めませんから」

マリーンは厳しい表情でつけ加えると、部屋から出ていった。

「まったくマリーンにも困ったものだ」

イドリスは後ろ姿を見送って、大きく息をつく。

「しかたないよ」

優斗は、困ったように笑う。

マリーンはイドリスのことを好きなのだから、優斗のことが気に入らないのは、しかたがない。

「ユリアが知らせてくれなかったら、知らないまま次の視察地に出かけてしまうところだった」

イドリスは眉間《みけん》に皺《しわ》を寄せた。

「ユリアさんが？」

優斗は驚いて聞く。

「ああ。新婚旅行のおみやげを送ったと電話があって、その時に優斗はついているかと聞かれたんだ。知らなかったから驚いた」

イドリスは言う。

「えっ、俺のメールは届いてなかったのか？」

優斗はイドリスに聞く。

「届いていたんだが、迷惑メール設定に引っかかってゴミ箱に移動されていたんで、気がつくのが遅れたんだ。すまない」

イドリスは真摯《しんし》な態度で謝った。

「迷惑メールに？」

空港から電話をかけた時、マリーンは優斗が来ることを知っていたので、それは変である。メールを意図的にマリーンが細工したのだと、優斗は気がついた。

すると、優斗が帰ってこないと教えたのは他の使用人だろう。

優斗がイドリスに会えないように、マリーンが邪魔していたのは確かである。

「知っていたら、工場の視察なんて放り出して、空港まで優斗を迎えに行ったのに。残念だ」

イドリスは優斗をじっと見つめる。

「俺のために仕事を放り出したら、まずいだろ」

優斗は苦笑いしながらイドリスに言う。

「今回の視察は予定には入ってなかったんだ。マリーンから聞いたのが出発の三時間前という慌ただしさのわりに、視察の内容は大したことがなくて退屈で寝そうだった」

イドリスは、思い出して肩を落とす。

「そうなのか」

それもマリーンが手配して、優斗がイドリスと会えないように画策したようだ。

「視察とか多いのか？」

優斗はイドリスに聞く。

「設備大臣だからな。水資源開発と基礎インフラ整備、地域間の格差をなくすための開発を担当している。あちこち飛び回っているよ」

イドリスは大げさに肩を竦《すく》める。

「大変だな」

あらためて、王族の大変さを優斗は知った。

「視察なんかほっぽり出して、早く優斗と会いたかったな」

イドリスは優斗の顎を摑むと、上を向かせる。

「運転手はいないから、キスしてもいいよ」

優斗は、瞼を閉じて唇を少し開いた。

「キスもいいけど、明日からまた視察に行かなければならないんだ。それまでの間、愛し合わないか？」

軽くついばむようなキスをして、イドリスはすぐに唇を離す。

「監禁されてたんで、お風呂に入って綺麗になってからな」

優斗はクスリと笑うと、イドリスの胸を押して身体を離した。

丁寧に身体を洗い上げると、優斗は大きめのバスに浸って手足を伸ばした。

湯舟にはバラの花びらが一面に浮いていて、甘い香りを放っている。

リラックス効果があるようで、身体がほぐれてずいぶん気分が良くなった。

バスタブから出ると、洗い立てでふわふわのバスローブに身を包む。

ほんのりとバラの香りがするのは、使ったシャンプーのせいなのか、湯舟に浮いていたバラのせいなのか、バスローブにバラの香りがついているせいなのかはわからない。

ドキドキと胸を高鳴らせながら、優斗はバスルームのドアを開けた。

アースカラーで統一された室内は、優斗のいるゲストルームと同じようでいてやはりどこか違う。部屋の広さが違うし、備えつけの暖炉の側にはソファのセットが二組もある。

天井から下げられた大きな照明はなく、間接照明用のランプがいくつも床に置かれていた。そのどれにも凝った細工がなされていて、色と造形が美しい。

日本製の大型液晶テレビが、その部屋の中で異質に感じられる。

大きなベッドの上で、イドリスが待っていた。

「優斗…」

イドリスは優斗に手を差しのべる。

「イドリス…」

優斗は迷わずにイドリスのもとに向かい、その手を掴んだ。

彼と会えたことで、すでに気持ちが高揚して身体が熱くなっている。

「バラの香りがする」

イドリスは優斗を抱き寄せると、バスローブの襟元を広げ首筋に顔を埋めてつぶやく。

「んっ」

首筋にキスを受けていると、じんわりとそこから痺れが広がって、さらに体温が上昇したような気がした。

「熱くなってるか？」

イドリスは、バスローブの裾《すそ》から手を差し入れて確かめる。

「あっ…」

優斗はバスローブの下には、なにも身につけていない。

イドリスの手で直《じか》に触れられて、優斗は固く瞼を閉じた。

「もう、こんなにしてるのか？」

低い声で、イドリスは囁く。

「うんっ、イドリスが好きだから…。触られたら、すぐこうなってしまう」

もっと触って欲しくて甘えを含んだ声で誘い、妖《あや》しげな視線を送る。

「こっちはどうだ？」

イドリスは優斗の背中に腕を回すとバスローブの裾をめくり上げ、そこに指を忍び込ませた。

「あっ、ああっ！」

指が入りこんできて、優斗は眉間に皺を寄せて細かく震える。

入れられた時の違和感には、まだ慣れない。

「こっちは慣らさないとだめのようだな…。まだ使いこんでないから」

イドリスはクスリと笑い、指を優斗の中で動かした。

「あっ！　使ってたら、イドリスが困るだろ」

優斗は思わず声を上げ、その後ムッとして反論する。

「そうだな。他の人に使われては困る」

イドリスは笑いながら、指を引き抜いた。

「私専用にしてもらわないと」

優斗とキスをかわしながらバスローブを脱がし、ゆっくりとベッドに押し倒す。

「んっ…」

柔らかな舌が甘く絡み合う感触が、眠っていた優斗の官能を引き出していく。

「ふうっ」

唇が離れても、酔ったような感覚に全身が浸されていた。

「いいか、優斗。うつぶせになって…」

イドリスは優斗の膝を摑んで、身体を横向きにさせる。

「イドリスも脱げよっ。俺だけ脱ぐのは不公平だ」

優斗は上目遣いでイドリスを見て言う。

「……。優斗は面白いことを言うな」

イドリスは笑いながら、服を脱いだ。

「俺、イドリスの身体が好きだ。日本人と違って骨格がしっかりしてるし、胸板も厚いし、筋肉も違うんだよな。肌の色も浅黒くて、すごく俺好みだ」

優斗は、民族衣装を脱いだイドリスの上半身をうっとりとして見る。

ボディビルダーのように見せる筋肉ではなく、ほどよい筋肉がイドリスの全身を覆っていた。

その筋肉は動くたびに、際立った美しさを見せる。

「それは、私の身体目当てということか？」

イドリスは下着も脱ぐと、大きく肩を竦めた。

「身体も、目当てのひとつだな」

優斗は笑う。

「それでは、満足してもらうためにも頑張らないといけないな」

イドリスは優斗の膝を折ると、横向きにした身体をうつぶせに寝かせて、腰を引き上げた。

「あっ！」

立て膝で腰を上げた状態になり、イドリスに優斗のすべてが見えてしまう。

そこに視線を感じ、カッと頬に血が上り膝が震える。

イドリスに見られていると思っただけで、得体のしれない快感が身体の奥から湧き出してきた。

「はっ、早く…」

優斗は思わず催促する。

身体はイドリスに与えられた快感を覚えていて、見られているだけではすでに我慢できなくなっていた。

「わかってる」

イドリスは頷くと、優斗の膝をさらに大きく開かせる。

「えっ？　うわっ！」

指先で左右に開かれた感覚の後に、そこに生温かなものが入りこんできた。

「あ…、あんっっ」

なんとも言いがたい感覚に、優斗は声を上げる。

今まで優斗が知らなかった妖しい感覚で、それは奥にまで入りこんできた。

自由に蠢《うごめ》き、生温かく適度な硬さと柔らかさとを兼ね備えたもの。

それがなにか気がついた途端、優斗の心臓はドキドキと高鳴り、破裂しそうなほど欲望が膨れ上がった。

「やっ、やだっ！」

イドリスの舌が探っているのだとわかり、優斗は身震いする。

淫《みだ》らに動く舌の刺激に、下半身が疼《うず》く。

それを心地よいと思っている自分に気がつき、優斗は驚いていた。

「んっ…、はぁ…、あっ…」

舌とともに指も入れられて、徐々に身体を広げられていく。

「もう少し奥までほぐしておこう」

イドリスは舌を抜くと、唾液の代わりにローションでそこを濡らして指を根元まで差し入れた。

「あんっ…、ああっ…」

グチュグチュと音を立てながら指が出入りし、奥までかき回される。

刺激を与えられて気持ちがいいと感じるなんて、一か月前の自分からは想像がつかない大きな変化だった。

「わかるか、優斗？　私の指を三本も飲み込んでいる。それも根元までだ」

イドリスは優斗の耳元で、低い声で囁く。

「あっ…、んっ」

自分でそれを見ることはできないが、想像しただけでゾクリと背筋が震えて、イドリスの指を知らず知らずのうちに締めつけてしまう。

「これじゃ物足りないのか？」

絡みついてくる肉壁から指を引きずり出して、イドリスは優斗に聞く。

「あっ、もっと…欲しい」

急に突き放されたようで不安になり、優斗は顔をイドリスに向け、目の縁を赤く染めて言う。

「なにが、欲しいんだ？」

イドリスは、優斗の身体を仰向けにしながら聞いた。

「イドリスの熱くてすごいのが…欲しい」

誘導されるままに、優斗は答える。

こんなことを口走るなんてどうかしてると思ったが、それが新たな官能を呼び覚ましていた。

優斗の視線は、天を突くイドリスのものにそそがれる。

その途端、欲望が昂《たか》まり、ゆらりと周りの風景がゆがんだような気がした。

「これが欲しいのか？」

イドリスは優斗の膝の裏に手を入れて持ち上げると、じらすように自分のものを押しつける。

「…欲しい」

欲望には勝てず、目を潤ませて優斗はイドリスを見た。

イドリスのもので身体をいっぱいにされる期待感に、優斗の腰は甘く痺れる。

「泣かなくていいから…。すぐやる」

唇の端を少し上げると、イドリスは優斗の足を肩に乗せ、身体を深く沈めた。

「あぅっ！」

十分に慣らされたはずなのに、やはり指とイドリスのものでは質量が違いすぎる。

体重をかけられて、じりじりとイドリスのものが優斗の中に入ってくると、とても苦しい。

「イドリス…、痛い…」

ぎりぎりまで開かれる痛みに、優斗は顔をしかめる。

「もうすぐ、全部入るから」

イドリスは優斗の身体を撫でながら、腰を進めた。

すべてを収めると、イドリスは肩に乗っていた優斗の足をベッドに下ろす。

「あうっ！」

イドリスのものの角度が変わって内壁を擦り、優斗の身体はビクリと跳ね上がる。

ぎりぎりに開かれた痛み以上の快感が湧いて、涙が勝手に溢れてきた。

「イドリス…ぅっ」

優斗は目に涙をためて、イドリスの身体に腕を伸ばしてしがみつく。

イドリスのもので息もできないほど突かれて、めちゃくちゃにされたい、と優斗は思った。

「…してっ。…あっ」

優斗のぎりぎりの要求だった。

離れていた分を取り返そうとするかのように、優斗はイドリスを求める。

「優斗の望むままに…」

イドリスはきゅっと目を細めて、優斗の腰を突き上げた。

「あっ…、はあ…っ。…ああ、んっ…、もっと」

ぎりぎりまで引き抜かれて、再び突き上げられると、たまらない快感が優斗の身体を包みこむ。

イドリスの熱が、内側から優斗の理性を蝕《むしば》んでいった。

「すごい…、こんなに乱れて」

イドリスは深く息を吐いて、優斗をさらに追いつめていく。

木製のベッドはイドリスの激しい動きに合わせて、ギシギシときしみを上げていた。

「っ…、ああっ…。イドリス……、欲しい…、あんっ」

離れていた分、優斗は狂ったようにイドリスを求める。

気持ちがよくて頭の中が痺れたようになり、優斗自身、もうなにを口走っているのかよくわからなかった。

「わかってる…」

イドリスは腰を揺らしながら、ぷっくりとふくらんだ優斗の乳首を摑むと、ぎゅっと引っ張る。

「いっ！　あぁ…、はあっ、はあっ…」

痛みまでが、快感に変わった。

すべての感覚が増幅されていく。

「優斗、……あっ」

イドリスの息づかいが激しくなり、腰の動きが不規則になった。

ただ自らの欲望を放つために、動き続ける。

「あっ…、あっ…、やっ…、やぁ…、だめっ」

イドリスに突き動かされるまま、優斗の身体はシーツの上で大きく跳ねた。

「ぬるぬるにして…、爆発寸前だな」

イドリスは、身体の間に挟まれていた優斗のものを摑んで強く扱く。

「いいっ…、あっ…あくっ…、いっ…」

途端に優斗の身体が激しく痙攣《けいれん》して、精液をぶちまけた。

優斗の中が急激に動いて、イドリスのものを絞り上げる。

「つっ！」

イドリスは眉間に皺を寄せて、ぎゅっと唇を噛みしめた。

「あぅ！」

重力が消え失せたように身体が浮いた瞬間、優斗は中に熱い迸りを感じた。

まだ日も傾いていない時間なのに、セックスしていてよかったのだろうかと思いながら、優斗は顔を上げた。

隣にはイドリスがいて、優斗をじっと見つめている。

「どうだ。満足したか？」

イドリスは腕を伸ばして、優斗の髪を撫でながら聞く。

「うっ、うん…」

優斗は、頬を染めてコックリと頷く。

心も身体も充足感に満ちていて、とても幸せだった。

覚悟を決めて、ここに来てよかった、と優斗は思う。

「そうか、私も幸せだ。優斗が私のもとに来てくれるなんて、思ってなかったから」

イドリスは優斗の頬にキスをして、ぎゅっと抱きしめた。

「離れてみて、やっぱりイドリスが好きだって気がついた。もう、英貴の時のように後悔したくなかったから、ここまで来たんだ」

優斗は、照れながらイドリスに言う。

「私も後悔していた。やっぱり、無理やりにでも優斗を連れてくればよかったと…」

イドリスは、優斗の額に自分の額をコツンと押しつける。

「決心して、来てよかった」

優斗はにっこりと笑う。

「明日、私と一緒に渓谷を視察に行かないか？」

イドリスは、優斗に聞く。

「俺も行っていいのか」

優斗は目を丸くして、イドリスに聞き返した。

「渓谷に行ったら、五日は帰ってこられないからな。せっかく優斗と会えたのに、また離れ離れになるのは辛い。渓谷には遺跡や城砦《じょうさい》都市もあって、山を越えれば砂漠もある。街とはまったく違う風景を見ることができるぞ」

イドリスは、熱心に優斗を誘う。

「へぇ」

優斗は、心を動かされた。

やっと会えたイドリスと離れ離れになるのは寂しい。ここに残っても街の様子はよくわからないし、ひとりで出かけたりしたらまた誘拐されるかもしれない。

「一緒に行っても、いいよ」

それなら、イドリスについていこうと優斗は決めた。

「そうか。そう言ってくれて嬉しい」

イドリスは喜んで、ぎゅっと優斗を抱きしめた。


大型ワゴン車に乗って、山岳地帯への視察に向かった。

八人乗りのワゴン車には、運転手の他にボディガードが二人、そしてマリーンと優斗とイドリスが乗っている。

ワゴン車の前後には、二台の車が挟むようにして走っている。

窓ガラスは防弾で、内装にもグラスファイバー繊維の防弾布が使われている特別仕様のワゴン車だ。

ものものしいとまではいかないが、ボディガード付きで視察とはさすが王子である。

車内にはガイタというチャルメラに似た吹奏楽器や、ベンディールやデルプーガやカルカベというパーカッション、ウードシンディールなどの弦楽器で演奏されるフォークロア調の陽気な音楽が流れ、ボディガードも気さくに優斗に話しかけてくれて、リラックスした雰囲気だ。

そんな中、マリーンひとりが不機嫌な様子で、肘をついて無言でじっと外の様子を見ている。

優斗はいつもの癖でシートベルトを装着したが、他のみんなはつけていない。ワゴンのベースが日本車なので、各席についているはずなのだが、つける様子はまったくなかった。

「あれっ、シートベルトは？」

運転手でさえしていないので、思わず聞く。

「シートベルト？」

イドリスは、不思議そうに優斗を見る。

「日本じゃシートベルト着用は義務で、違反すると反則点を一点取られるんだ。この国は違うんだな」

義務ではないと聞いても、安全を考えて優斗はそのままつけていた。

首都から主要な街へと走る道路は整備され、町並みや緑が多い平坦な道だったが、山岳部に向かうにつれて様相が変わってきた。

木や草の高さは低くなり、その代わりにごつごつとした岩山ばかりが目立ってくる。

道路は徐々に細くなり、曲がりくねった急勾配《きゅうこうばい》の道が続く。

「うわっ、すごい」

日本ではまるで見られないような風景が広がった。

標高がさらに上がると、木は地面を這い、下草のような雑草が生えているだけである。

山の上を見ると茶色い岩がむき出しで、草も生えていなかった。

どこまでも続く山脈には緑がまったく見えず、日本人から見ると荒れ果てているような印象である。

山肌の中腹に、へばりつくようにして茶色の四角い建物が集落を作っている。

「あれは」

優斗は、イドリスに聞く。

「カスバだ。昔の城砦跡で、百年以上前に作られたものだ。建物は日干し煉瓦《れんが》で作られていて、今も人が住んでいる。この道路沿いには、昔の城砦跡の街がいくつも点在しているんだ」

イドリスは優斗に説明する。

「城砦か…」

ワゴン車の窓から見えるカスバは、周りを城壁で囲まれていて、日干し煉瓦の色のせいで街全体が茶色い。

朽ちかけた家もあり、もの哀《がな》しい雰囲気を漂わせている。

都市部は東京と同じ近代的な高層ビルが建っているというのに、山岳部ではこんな朽ちかけた家が多数点在していると聞くと、不思議な気持ちだ。

「この辺りは電気も水道もガスも整備されているが、もっと上に行くとそれもない。この辺りもよく停電はするけどな」

イドリスはさらりと言う。

「えっ？　電気が通ってない」

どんな山奥でも送電線が走っている日本では、電気が通っていない生活なんて考えられない。

停電なんて、大きな地震や事故があった時ぐらいしか経験できないだろう。

「灯りはランプで、水は井戸から汲《く》んでくる。電化製品は一切使えない。山岳部の街はほとんどそうだ」

イドリスは説明した。

「うわっ、考えられない」

日本でも都市と地方の格差が叫ばれているが、この国にはそれ以上の差があるようだ。

電気のない生活を優斗は経験したことがない。

テレビも見られないし、パソコンも使えない、掃除機も冷蔵庫も洗濯機もない生活とは、いったいどんなものなのだろう。

イドリスとマリーンが優斗の家に来た時に、電化製品の多さに驚いていたが、今度はこちらが驚く番である。

車で四時間ほど走ると、舗装された道路ではなく硬く乾いた茶色の土の道路になってきた。

山道はますます厳しくなり、切り立った崖《がけ》に張りつくようにして道路がある。

壮大で、見る者の目を釘《くぎ》づけにする素晴らしい景色だが、谷底まで見えるのだから恐ろしい。

ガードレールもないこんな山道をよく走れる、と感心する。

ごつごつした岩山ばかりが続く渓谷を抜けていくと、集落がいくつもある。

こんなに城砦があるということは、昔はこの国は戦争が多い場所だったということだ。

茶色く四角い家々には木の扉がひとつあるきりで、外からは窓ひとつ見えない。まるで四角の茶色い箱が、いくつも並んでいるような町並みだ。

電線が見えないので、この辺りはもう電気が通っていないのだろう。

マリーンの家も山岳地帯だったなと、優斗は思い出す。

「この周辺に住んでる人は、どんな仕事をしてるんだ」

いくら走っても商店も見当たらないし、この土地でいったいどんな暮らしをしているのか不思議に思って、優斗はマリーンに聞いてみた。

「遊牧とか畑を作ったりとか、ほとんど自給自足で暮らしている」

マリーンはチラリと優斗を見て、ツンとして答える。

「そうか」

どうやら、マリーンは優斗を認めるつもりはないようである。

イドリスの他に唯一日本語がわかる人なので仲良くしたいのだが、今はまだ無理のようだ。

時間をかけて、心を開いてもらうように努力しなければならない。

道路には車もバスももちろん走っているが、ロバが荷物を引いていたりもする。

そんな光景は初めて見た。

のどかだが、山岳地帯の厳しい現実を知らされる風景だった。

「山岳地帯にも、電気を整備したいんだ。日本の技術者を呼んで井戸を掘ってもらったので、水道設備はずいぶん良くなったけどね」

イドリスは、茶色の大地を眺めながら言う。

「日本人が、井戸を掘ってるんだ」

優斗は感心して、イドリスを見た。

指導者の息子らしい言葉を、初めてイドリスから聞いたような気がする。

こんなに険しい山に電気を引くのは大変だろうが、頑張って欲しいと思う。

「日本人は、水脈を見つけて井戸を掘り当てるのが上手なんだ。アフリカの他の国でも、井戸を掘っている日本人がたくさんいる」

イドリスは説明する。

「他の国で井戸を掘ってるなんて、知らなかった」

世界でそういう評価を受けているとは、知らなかった。

今でこそ水道が普及しているが、昔の日本では井戸は当たり前にあったので、それを現在、海外で掘っているということが驚きである。

山はますます険しくなり、舗装されていない道路が続くのでガタガタと車体が揺れる。

窓からチラリと下を見ると、見渡す限りの断崖絶壁が続く。

高所恐怖症の人が見たら、気を失ってしまうような光景だろう。そうでない優斗が見ても、血の気が引く高さだ。

山道を上るために急カーブが続き、遠くの山が急に近くなったりする。

そんな道を一時間ほど走っただろうか。あまり変わらない山並みを見ていて、うとうとしかけた時に、いきなりガクンッと車体が傾《かし》いだ。

「うわっ！」

優斗は思わず悲鳴を上げる。

「ひゃあーっ！　うわぁーっ！」

ワゴン車の中は、一瞬で地獄と化した。

「なんだ！」

身体が前のめりになって、慌てて両手で前の座席の背を摑んだ。

シートベルトをしていたのでそれ以上動くことはなかったが、後ろの座席にいたボディガードは前の座席まで吹っ飛んでいた。

「イドリス！　シートベルトをするんだっ」

優斗は、座席から前に飛び出しそうになっているイドリスを両手で抱きしめると、落ちないように必死で引っ張って大声で叫ぶ。

イドリスだけは守らなければならないと思って、優斗は抱きしめる手に力を入れた。

「ううっ」

イドリスは飛ばされないように両足を床につけて踏ん張り、シートベルトを引き出してつける。

飛び出しそうになっていた身体は、しっかりと座席に固定された。

「うわあぁ…」

まるでジェットコースターにでも乗っているような急勾配で、車が地面を滑り落ちていく。

窓ガラスに岩に生えている木の枝がバサバサと当たり、車体が激しくバウンドした。

目の前に、地面が見えない。

谷底に落ちていくんだと、優斗は思った。

「ブレーキ！　ブレーキ！」

優斗は、運転手に向かって叫ぶ。

死ぬかもしれないという恐怖に凍りつき、イドリスを抱きしめる手に力が入る。

「優斗！」

イドリスも優斗を抱き返した。

「うわっ！」

ガクンッという激しい衝撃とともに、急に車が停止する。

「……、どうしたんだ？」

ぎゅっと閉じていた瞼を開けて、優斗はそっと前を見た。

ワゴン車のフロントガラスの前には木が立っていて、その木にぶつかってかろうじて止まったようである。

すぐ横の窓から外を見ると、下に地面があった。

どうやら、崖の途中の平らになっている場所にワゴン車は止まっているようである。

車内の床にはボディガードの男性のひとりが血を流して倒れていて、マリーンも座席でぐったりとして呻《うめ》いていた。

「イドリス、大丈夫か？　怪我はないか」

優斗は、抱きしめていた手を放してイドリスに聞く。

「優斗が押さえてくれたんで、シートベルトをすることができたから、なんとかな」

イドリスは大きく息をついて、額の汗を拭った。

「動くなっ！」

車が止まったので動こうとしたボディガードを、優斗は制止した。

「木にぶつかって止まってるみたいだけど、迂闊に動いたら落ちるかもしれない。イドリスが一番ドアに近いから、静かに開けて外の様子を見てくれないか？」

優斗はイドリスに言う。

「わかった」

イドリスはシートベルトをはずして手を伸ばすと、静かにドアを開ける。

人が降りられるだけの地面は、かろうじてあった。

「イドリス、先に外に出てくれ。次は後ろの座席のボディガードさんを外に出して」

優斗は周りの状況を見ながら、イドリスに言う。

「優斗も一緒に出よう」

イドリスは、心配気に優斗を覗きこむ。

「だめだ。二人も外に出たら落ちてしまうかもしれない。とにかく車がどういう状況なのか、調べてくれ。大丈夫なら、それから俺が外に出るから」

優斗はイドリスに言うと、大丈夫だと大きく頷いた。

まずはイドリスを最優先にしなければならない。

優斗は庶民だが、イドリスはこれから国を背負っていかなければならない大切な王子なのだ。

「わかった」

イドリスは納得すると、ワゴン車に振動を与えないように静かに外に出る。

「木があるのでかろうじて止まっている状態だ。ロープを持って、ゆっくりと出てきてくれっ」

外に出て周りを確認すると、イドリスは後部座席に乗っているボディガードに声をかけた。

ボティガードのひとりは、後ろを向いてロープを摑むと静かに外に出た。

「優斗、少し待っていてくれ」

イドリスは優斗に言うと、ボディガードと二人でワゴン車の後部にロープをつけて、それ以上動かないように引っ張る。

「いいぞ」

二人で支えると、イドリスは優斗に合図をした。

「うん」

じりじりとした思いで待っていた優斗が、そっと車外に出る。

外に出てワゴン車を見ると、ぎりぎりの状態で止まっていて、少しでも押せば今にも真っ逆さまに谷底に落ちていきそうだった。

ひやりとした気持ちで、優斗もロープを持って支える。

木にぶつかった衝撃でエアーバッグが作動し無傷だった運転手が自力で出てきたので、代わりにロープを持ってもらうと、一番体重の軽い優斗がぐったりしているマリーンと、血を流して倒れているボディガードを車の中から引き出した。

「ふうっ」

なんとか二人を車外に出して、優斗は大きく息をつく。

「大丈夫か。痛いところはどこだ?」

優斗は、真っ青な顔でぐったりとしているマリーンに聞く。

「イドリス様は…」

マリーンはうっすらと瞼を開けて、優斗に聞いた。

「無事だ。怪我もしてない。それより、どこか打ったんじゃないのか?」

優斗はマリーンに聞く。

「…胸が痛い」

マリーンはやっとのことで言う。

「そうか。動かないほうがいい」

落下した時に前の座席に打ちつけて肋骨《ろっこつ》が折れた可能性があると思って、優斗はマリーンを地面に寝かせた。

「おおーい、大丈夫か」

崖の上から声が聞こえて、無傷と軽傷の四人は上を見た。

他の二台の車に乗っていたボディガードたちが、上から叫んでいる。

「怪我人がいる!」

イドリスが大声で返事をした。

「うわっ、すごっ!」

しばらくすると、上の車からロープを垂らして人がするすると下りてきた。

まるで猿のようで、優斗は感心して彼らを見る。

相当の訓練を積んでいるようで、無傷の者から順に救助用のベストを着せられ、腰にベルトをつけられると引っ張り上げられた。

　怪我人も運び上げられ、車もロープに繋がれてすぐに上の道路まで引き上げられる。

　バンパーに傷がついていたが、頑丈に改造されたワゴン車は支障なく運転できるようだ。

「ありがとう。優斗が守ってくれたおかげで、私は怪我ひとつしないで済んだ。どうやって感謝したらいいのかわからない」

　イドリスは握手をすると、片手で優斗の肩を抱いた。

「感謝なんて、いいんだ。イドリスだって溺《おぼ》れかけた俺を助けてくれたじゃないか、当たり前のことだろう。それに、俺はたいしたことはしてない。ボディガードさんたちが引き上げてくれたんだし」

　優斗もそれに答えて手を握り返すと、イドリスの肩に手を回す。

　二人は助かったことに感謝して、固い抱擁を交わした。

「優斗…、優斗さん」

　だれかに呼ばれているのに気がついて、優斗はハッとして振り返る。

　怪我をしたマリーンが、自分を呼んでいるようだ。

「どうした、痛いのか？」

　優斗はイドリスから手を放して、膝をついてマリーンを覗きこむ。

「僕は自分のことだけで精一杯だったのに、あんな時でも優斗さんはイドリス様を守ってくれた。

僕の負け。あなたを認めます。イドリス様を守ってくれて、ありがとう」

マリーンは小さな声で言うと、少しだけ唇の端を上げた。

「マリーン…認めてくれてありがとう」

優斗はパッと顔を輝かせて、マリーンの手を握りしめる。

「イドリス様、お守りできなくてすみません」

マリーンは目に涙を浮かべて、イドリスを見た。

「なにを言ってるんだ、マリーン。私こそお前を守れず、怪我をさせてしまってすまない」

イドリスは、マリーンのもう片方の手を握りしめる。

「イドリス様、胸が痛くてもうだめです…」

マリーンはその手を握り返した。

「そんな気の弱いことを言っていないで、早く怪我を治して私の側に戻ってきておくれ」

イドリスは必死でマリーンを励ました。

「はい。それでは、お二人の邪魔をするために早く治すことにします」

マリーンは涙を手で拭いながら言う。

「えっ？　なんだって！」

優斗とイドリスは、顔を見合わせた。

「優斗さんがイドリス様と一緒にいることは認めますが、ベッドを共にするのは認めません」

マリーンはきっぱりと言う。

「おい、それはないだろう」

イドリスは思わず顔をしかめた。


ふもとのオアシスの病院に運ばれた二人の怪我人は、マリーンが肋骨にヒビが入り全治一か月、ボディガードは額を切って全治二週間だった。

オアシスの街は小さいが、病院の他に数軒のホテルやレストラン、カフェやガソリンスタンド、スークやスーパーまで揃っている。

ずいぶん逆戻りしてしまったが、怪我人が出たのだからしかたがない。

二人を病院に送ったイドリスと優斗は、街から少し離れた渓谷に近いホテルにいた。

「ひどい一日だったな。イドリスと一緒だと、恐ろしいほど波瀾《はらん》万丈な人生になりそうだ」

バスルームから出てきた優斗は、痣《あざ》になった腕をイドリスに見せる。

「嫌か？」

イドリスは聞きながら、ソファの上に足を乗せて膝にできた傷を優斗に見せた。

「望むところだ」

優斗は笑いながら、ベッドにダイブする。

「それはよかった。なんだか今日はやけにはしゃいでいるな」

イドリスはベッドに座ると、優斗の背中を撫でながら聞く。

「まあね。マリーンに、俺たちのことを認めてもらえたから」

優斗はベッドに肘をついて顎を乗せると、上機嫌でイドリスに答える。

「私と再会した時より、マリーンに認められたことのほうが嬉しいようだな」

イドリスは片方の眉を上げて優斗に聞く。

「そんなことはない。早速やきもちかい？」

優斗は起き上がると、イドリスの首に腕を回して引き寄せる。

「なんだか複雑な気分だ…」

イドリスは眉間に皺を寄せて、優斗を抱きしめた。

「マリーンが病院から戻ってきたら、邪魔をされそうだしな。しとく？」

優斗はにっこりと笑って、イドリスを誘う。

「そうだな。じゃあ今のうちに十分にしておくか」

イドリスは誘いに応じて、優斗にキスをした。

「うんっ…、うっ…」

お互いの身体をまさぐり合いながら、優斗はイドリスと何度もキスを繰り返す。

「今日は、俺にさせて…。舐めてもいいだろう」

優斗は妖しげな視線を送り、イドリスの了解を得る前にそれに舌を這わせる。

「こっ、こらっ」

イドリスは慌てて、優斗の肩を摑んだ。

「たまには、いいだろ」

優斗は悪戯《いたずら》っぽく笑うと、イドリスを巧みな舌遣いで追い上げた。

「入るかな？　…んっ、…んぁっ」

イドリスのものが十分に大きくなると、屹立《きつりつ》に手を添えて優斗はゆっくりと腰を下ろす。

「慣らしてないけど、大丈夫か？」

優斗の腰に手を添えて、イドリスは心配気に聞く。

「昨日したから…、平気…。ううっ……、あっ…、ぅああっ」

最初はきつかったが、一番太い部分が入ると、後は自分の体重でずるずると奥まで入りこんだ。

「はあっ、…はぁ…、はあっ…」

今までで一番奥に、イドリスが入っている気がする。

「触って…」

優斗は目の縁を赤く染めてイドリスを見ると、彼の手を摑んで自らのものに導く。

「あっ…、ああっ…いぃっ！」

いつもより感じる。

強く扱かれ、すぐに濡れた音が大きくなる。

「綺麗だ…」

イドリスは目を細めて優斗を見た。

大きく揺れる黒髪と、白い肌に伝う汗、赤く熟れたもの。天井のライトに反射して、優斗の身体はキラキラと光っている。

「あっ…、あ…あんっ…、はあっ…あ、アッ」

優斗の身体は、イドリスの腹の上で激しく跳ねていた。

皮膚のぶつかり合う音が響き、終わりが近い優斗の声の間隔が短くなる。

イドリスが突き上げるたびに身体の奥からドクドクと湧き出したものが、出口を求めて集まってきた。

「あんっ…、ああーっ！」

限界が近づき、優斗はもう自分がどんな声を上げているのかすらわからなくなる。

大きく突き上げられ、熱い精液を飛ばしながら、優斗はイドリスの上に崩れ落ちた。

あとがき

こんにちは、または初めまして、藤村裕香です。

今回は、アフリカの王子様ものです。本当なら、王子たちは砂漠まで行くはずでしたが、たどり着きませんでした。う～ん残念です。

作中でははっきり書いていませんが、私が一番観光に行きたい国なのです。

仕事が一段落したら行こうと思って用意していたのですが、十二指腸潰瘍になってしまい、いまだ治療中なので行くことができません。でも、だんだん弱い薬になってきたので、完治までもう少し。治ったら行けるかなーと思ったら、燃油サーチャージが上がった。ううっ。

潰瘍かどうかを調べるために、生まれて初めて胃カメラを飲みましたが、麻酔薬が合わなかったのかその後寝たきりになり、最初は動かそうとしても指一本動かなくて、立てないので這って移動、二日で四十時間ぐらい寝てました。次の日起きたら、ものすごく腰が痛かったです。

今年初めからトラブル続出だったので、胃と十二指腸にきたみたいで、胃カメラをやってくれた医者に、潰瘍がたくさんできてますって言われました。思い当たることだらけなのが悲しい。

でも、良いこともありましたっ。

『砂漠の花婿は金融王』のドラマCDが出ました。収録に行きましたが、すごかったです。なにが『すごかった』のかは、ぜひ聞いて確かめてください（笑）。

今回のイラストはイソノ先生です。

『砂漠の民』感が抜群のキャララフが届いて、スゴイって思いました。

そして、浮世絵着物なんて難しい注文をしてしまってすみません。描いてくださって、ありがとうございます。

タイトルに悩む私に、『王子』に『花嫁』という超欲ばりなタイトルを授けてくださった編集のF山様、ありがとうございます。これからも、よろしくお願いします。

近頃、砂漠の王子に傾いてますが（原油高なんで）、正統派の金髪青い目の王子様も大好きです（ユーロ高なんで）。どこの王子でもいいから、迎えに来てくれないかな。

ははは、無理か。

では、ここまで読んでいただきありがとうございました。

藤村裕香

まるで旅行に行った気分で
楽しかったです。
藤村先生
ステキな旅を
ありがとうございます。

個人的にマリーンが
好きです。
健気なカンジが
とっても可愛らしいです♥

イソノ

AZ NOVELS この本を読んでのご意見・ご感想・ファンレターをお待ちしております。

〒101-0051
東京都千代田区神田神保町1-19　ポニービル3F
（株）イースト・プレス　アズ・ノベルズ編集部

王子は迷宮に花嫁を捜す

2008年10月20日　初版第1刷発行

著　者：藤村裕香
装　丁：㈱フラット
編　集：福山八千代・面来朋子
発行人：福山八千代
発行所：㈱イースト・プレス
〒101-0051
東京都千代田区神田神保町1-19　ポニービル6F
TEL03-5259-7321　FAX03-5259-7322
http://www.eastpress.co.jp/
印刷所：中央精版印刷株式会社

ISBN978-4-7816-0008-6 C0293

アズノベルズ

AZ・NOVELS

オール書き下ろし!

兄弟―夏―

丸木文華　文・イラスト

実の兄弟でありながら身体を繋げている二人…だが、撮影現場での意外な再会が暗雲を…

強制的密約

都和純佳　イラスト／水貴はすの

氷川組の若頭である梅垣に犯され、関係をもつ羽目になった泰章。翻弄されながらも…

新妻刑事《デカ》

水月真兎　イラスト／海老原由里

超セレブな国会議員と辣腕刑事…仰天新婚カップルが初夜に巻き込まれた殺人事件は…

ご主人様はヤバい奴３

甲山蓮子　イラスト／麻生海

昼は講師、夜はバーテンダー兼極道のペット…そんな怜の組絡みの危機に旦那様は大激怒